Haus

© 2022 Marietta Scondo Höllein
Herstellung und Verlag: BoD – Books on Demand,
Norderstedt
ISBN: 9783756887347

Haus ohne Kreuz

Eine eingebildete Geschichte

Erzählt von Marietta Scondo-Höllein 2022©

Mein inneres Auge beobachtet und meine Stimme berichtet zögerlich:

, Es war Sonntagmorgen im Herbst, sie war aufrecht im Bett, nah am gekippten Fenster.

Auf ihren Knien war das zuvor von ihr gerichtete Tablett mit Muesli, Toast, Kaese und Salzgurken, ein Frühstück, wie sie es liebte. Gewöhnlich begann sie sonntags mit der Frühstückszeremonie, wenn draussen die Kirchenglocken läuteten. Deswegen hielt sie das Fenster gekippt. Sie wollte hören und nahm in Kauf, dass kühle Luft hereinwehte. Sie fröstelte leicht. Wenn es dann läutete, hätte sie Sicherheit. Mit der Sicherheit, in keinen befremdlichen Gottesdienst hetzen zu müssen, schmeckte das Frühstück noch einmal so gut.

Es war kurz vor Viertel vor. Gleich würde der scheppernde Lärm der Glocken einsetzen. Sie lauschte, lauschte intensiver noch…. Aber da kam nichts, auch 10,20,30 Minuten später nicht. Sie wunderte sich, ließ diese Wahrnehmung aber erstmal auf sich beruhen, aß dann ihr Frühstück, das nicht anders schmeckte als sonst. Später putze sie gründlich die ganze Wohnung, wie immer sonntags , dann wusch sie sich peinlich sauber, am ganzen Körper, zog sich frisch an, machte ihr Bett und rauchte nicht. Das Rauchen hatte sie sich, schwer genug, abgewöhnt.

Sie entschied sich nun, einen Spaziergang von etwa 5000 Schritten durchs Wohngebiet zu machen. Das reichte, um vor bis zu der Brutalismuskirche zu laufen, dann durch den kleinen Park und wieder zurück nach Hause in ihre schöne Wohnung. Die Schrittezahl war ihr bekannt, weil sie früher einen Tracker benutzt hatte, der jeden Schritt genau vermerkt, so hatte sie nach und nach alle Wege, die sie so ging, aus gemessen, bis zur Kirche waren es fast 3000Schritte,das wusste sie.

Zunächst fiel ihr nichts auf, Kinder

auf dem leeren Parkplatz des Rewe, alte Damen mit Rollator zum Bus, einige Leute waren auf allen Strassen mit Hunden unterwegs, das übliche Treiben am Sonntagnachmittag.':Hier endet Beobachtung, Eliza erscheint, die Nachbarin und Hilde, 68 Jahre, Lehrerin, Witwe und Rentnerin.

„Hast du schon gehört?Die Kirche ist verkauft und wird abgerissen. Heute holten sie schon mal die Glocken ab."Es war Eliza, eine entfernte Nachbarin, die das sagte.

„Tatsächlich", sagte ich erstaunt, „deswegen war heute kein Läuten."

„Wir haben der Kirche ab geschworen, seitdem frei, aber orientierungslos."

„Naja, du bist ja Wirtschaftsjuristin und Verkäuferin, hast doch da Orientierung genug.",sagte ich.

„Ob das reicht?", fragte Eliza.

„Weiß Ich auch nicht. Aber was anderes, letzte Woche ist mir aufgefallen, dass das Wege Kreuz draußen auf dem Feld Richtung Bretzenheim hinter der Arena verschwunden ist.

„Und das Kreuz an der Kreuzstraße auch", sagte Eliza.

„Komisch.",sagte ich.

„Ich bin mit diesem Kreuz aufgewachsen.", sagte Eliza.

„Ja, schade.", sagte ich wenig überzeugt und noch weniger überzeugend. Denn eigentlich war es mir egal, ob da irgendwo Kreuze standen, Kirchen abgewickelt wurden und Glocken nicht mehr läuteten. Das nutzte ich nicht und es nutzte mir nicht. Der kulturelle christliche Rahmen, den viele Kirchengegner*innen ins Feld führten, um der Kirche in kritischer Zeit noch einen minimalen Restzweck zukommen zu lassen, er galt mir nur an Weihnachten. Das feierte ich gerne und gut vorbereitet, aber ohne Kirchgang. Es war ein schönes Fest für die Familie und mich. Jedes Jahr. Es gab Heimat in den alten Bräuchen im Essen und im Trinken im Schenken und Beschenkt-Werden. Einfach schön das. Aber sonst...

Wenig gute Erfahrungen hatte ich mit den Kirchen gemacht, von Kind an...

„Stimmt das wirklich, dass die Kirche abgerissen wird. Ich kann das gar nicht glauben.", sagte ich.

„Doch, ich weiß es von Kirsten. Die sitzt für die Grünen im Ortsbeirat, da hatten sie das Thema. Der Investor will eine Wohnanlage mit Einkaufszentrum und Café hin bauen, in einem Jahr geht es los.", sagte Eliza.

„Aber so groß ist doch das Gelände gar nicht, vielleicht 2000 oder 3000 Quadratmeter.", wandte ich ein.

„DOCH, es reicht. Die Genehmigungsbehörde hat es schon abgesegnet, sagt Kirsten.", erklärte Eliza.

„Dann lass uns mal bis zu dieser Kirche gehen, mal sehen, ob dort schon etwas zu sehen ist.", schlug ich vor.

Eliza und ich gingen nebeneinander auf dem schmalen Bürgersteig. Uns begegneten drei oder vier Rollstuhlfahrer, denen wir auf die ruhige Vorstadtstraße auswichen , dann waren noch einige Alte mit Rollatoren unterwegs, denen wir nicht auswichen, der Platz reichte gerade so, wenn Eliza und ich hintereinander liefen.

„So ist das hier, junges Leben findest du hier nicht mehr, höchstens bei dir in deiner Wohnanlage, aber die bleiben nicht lange, drei bis fünf Jahre, dann sind sie weg, weiter im Grünen, wo es auch billiger zu wohnen ist.", sagte Eliza.

„Ich kann nicht klagen, sechs kleine Kinder wohnen bei mir im Haus, da ist Leben von morgens bis abends, aber Wohneigentum kannst du da nicht erwerben, nur Fonds Anteile, wie ich die habe, dann ist die Miete nicht so teuer."

„OK, jetzt lass uns mal schauen.", unterbrach mich Eliza, denn wir waren an der Kirche, die angeblich abgerissen werden sollte, angekommen.

ÜBER die Hälfte des Vorplatzes lief schon ein Bauzaun. Die andere Hälfte war frei, aber ein voluminösen Schild stand dort.

„Privateigentum Durchgang verboten. Bauhauser GmbH".Die Kirche selbst stand unverändert, jedoch unbeleuchtet. ,die Türen mit Brettern gesichert. Am Kirchturm in 14 Metern Höhe klaffte ein Loch, da hatte man die 5 Glocken herausgeholt

und abtransportiert, schon vor Tagen.

Es hatte uns die Sprache verschlagen. Eliza und ich wandten uns stumm zum Gehen.

Dann sagte Eliza leise: „So ist das heute, bruch mer nit fort demmet,wie der Kölner sagt."

Ich bemerkte noch, dass das große Stahlkreuz, das auf dem Dach der Kirche, einem Hallenbau aus den 1960er Jahren, marode und undicht, aufmontiert gewesen war, ebenfalls nicht mehr da war. Das dritte Kreuz, das fehlte.

Kapitel2

Am nächsten Tag las ich nach dem hastigen Kaffee ohne Zigarette, denn ich rauche nicht mehr, folgende Nachricht in der Zeitung.

„Das Presseamt der katholischen Diözese in M teilt mit, dass ab sofort alle DEKANATE aufgelöst sind. Die Gemeinden werden lokal einem Kontrollorgan unterstellt und in sogenannten Pastoralräumen von bis zu zehn Pfarreien von lokalen Pfarrern weitergeführt. Etwa die Hälfte der vorhandenen Gebäude soll aufgegeben, veräußert oder abgerissen werden.“

Es war nur diese kleine Meldung, mehr nicht. Nicht einmal an prominenter Stelle. Aber sie hatte es in sich.

Mir schwirrten die verschiedensten Gedanken durch den Kopf. Von den sechs Kirchen bauten die im Bezirk Mittewest zusammengefasst waren, würden also mindestens drei geschlossen und veräußert. Was war dann mit den Menschen, die dort geheiratet, ihre Kinder getauft ihre Liebsten beerdigt hatten. Futsch, alles futsch.

Ich sagte laut, während ich mir im Bad die Hände wusch: „Das würde ich mir nicht bieten lassen, wenn ich noch Kirchen fromm wäre.“

Das Handy klingelte, es war Thomas.

„Sag mal, du bist doch auch Kundin bei der Darmstädter Stromgesellschaft. Hast du schon deine Abrechnung bekommen.?“, fragte Thomas.

„Ja, ich habe 120 Euro Gutschrift für 21/22,denn ich konnte meinen Verbrauch um 30 Prozent mindern. Mein Abschlag ist auf 44 Euro im Monat reduziert worden.“, antwortete ich.

„Du Glückliche, ich habe 350 Euro Nachzahlung, verdammt viel. Wie hast Du das gemacht mit dem Stromsparen.?", fragte Thomas.

„Das dauert zu lange, dir das zu erzählen, schreib du lieber mal auf, wie du heizt, wie du wäschst, wie du kühlst, ob du eine Klima hast und so weiter. Dann können wir uns treffen und schauen, wie du von dem Über Verbrauch runterkommst.", schlug ich vor.

„Das klingt gut", sagte Thomas.

„Heute haben wir Montag, ich bin noch zwei Stunden im Hotel, als Aufsicht, da kann ich schon mal alles aufschreiben. Wie wäre es, wenn wir uns danach im Café Carrefour treffen, am Schillerplatz.",

fragte er

„Da kann ich nicht, ich habe noch eine Übersetzungskundin mit einem Brief aus Pakistan in Englisch. Die will den gleich mündlich übersetzt haben, ist von ihrer Enkelin. Aber eine Stunde später geht es, so um 17 Uhr 30.", sagte ich.

„Also gut, um halb Sechs im Café Carrefour. Freu mich.", sagte Thomas und clickte sich dann weg.

Ich ging ins Arbeitszimmer, um den Tisch in der Ecke für Frau Schnerske zu richten, die Übersetzungskundin. Sie war 85

Jahre alt und wohnte im Nachbarhaus. Vorgestern beim Einkauf im Rewe hatte ich sie getroffen und sie war gleich direkt geworden, hatte mir den Brief ihrer Enkelin gezeigt, die in Pakistan verheiratet war, mit einem britischen Diplomaten und hatte gefragt, ob ich ihr den übersetze. Sie könne kein Englisch. Und mein Schaden solle es nicht sein.

Ich richtete nun den Tisch, stellte eine Vase mit Herbst Laub hin, die normalerweise auf dem Esstisch im Wohnzimmer stand und räumte die drei Bücher in den Schrank, die dort gelegen hatten. Neuerscheinungen von der Buchmesse, die ich noch nicht mal aus ihren Plastikhüllen herausgelöst hatte. Fachliteratur zu Deutsch und Deutsch als Fremdsprache, nicht der Rede wert.

Denn eigentlich arbeitete ich nicht mehr, schon seit zwei Jahren, von gelegentlichen Dienstleistungen wie jetzt für die alte Frau Schnerske abgesehen. Ich hatte immer ein mulmiges Gefühl dabei, denn wie sollte ich das versteuern. Ich war damit bei 20 oder 30 Euro im Monat, die ich sofort an meine Enkel gab. . Nun, jedes Jahr gab ich also 240 bis 360 Euro Jahresverdienst an, neben Rente und Pension. Sie wurden bis jetzt nicht besteuert.

An der Tür klingelte es. Es war, wie erwartet, Frau Schnerske.

. Sie stand im Türrahmen, untersetzt, massig im halboffenen Daunenmantel, der sich nur schwer über dem vorgestülpten Bauch schließen würde. Die grell lackierten Fingernägel der rechten Hand umklammerten den Griff einer teuren Krokotasche, die Füße steckten in flachen schwarzen Lackschuhen Das Gesicht war grell überschminkt.

„Da bin isch", sagte sie mit theaterhessischem Zungenschlag, „isch bin froh, dess isch Sie habb."

„Nur herein, wo ist der Brief.", fragte ich und führte sie ins Arbeitszimmer.

„Sein se mer nit bees, dess isch de Mandel anlasse du, ab ber mer is jetzt im Herbst immer so kalt, Aach drinne."sagte sie, bevor sie sich schwer atmend an den Tisch setzte.

Ich nahm den Brief und übersetzte im Stehen.

‚Mein Liebe Omi,

bei uns ist alles gut. Wir werden bald nach England zurückkehren. Paul hat eine Stelle im Innenministerium bekommen. Das ist auch besser für die Kinder, Christopher geht jetzt in die 5.Klasse,aber die internationale Schule hier ist teuer und nicht gut. Ich denke, dass er in England ein Schuljahr wiederholen muss. Mal sehen.Die kleine Ida ist noch in der Nursery School, also im Kindergarten. Der Vater ist letzten Monat gestorben, wir haben ihn hier beerdigt. In Zukunft können wir sein Grab dann nur noch selten besuchen. Mir geht es so weit gut. Ich habe mit Töpferarbeiten angefangen und hatte schon meine erste Charityausstellung

……'

So ging es in einem gleichgültig Einerlei noch drei Seiten weiter. Nach zwanzig Minuten, in denen Frau Schnerske sehr aufmerksam zugehört hatte, war der Brief übersetzt.

„Danke", sagte Frau Schnerske und reichte mir drei Zehn Euro Scheine, die ich gerne nahm.

„Isch bin bloss froh, dass se kaa Kohle brauche dut wie sunst immer und dass se widder nach Europa kimmt", sagte Frau Schnerske.

„Eine Frage noch, Frau Schnerske, wieso kann ihre Enkelin kein Deutsch.?", sagte ich

„Des is e lang Geschischt, mei Dochter hot damals in den neinzischer Jahr en englische

Geschäftsmon, en Witmon geheiratet, dem soi Dochter ist jetz moi Enkelin. Moi Dochter kunnt ka Kinnerbekomme. Se is Aach vor finf jor   gestorben,weschem Krebs."

„Oh,das tut mir leid", sagte ich höflich.

„De Mensch macht vill mit im Lewe.", sagte Frau Schnerske und machte sich zum Gehen auf.

Ich begleitete sie bis zur Tür und sah noch, wie die mit stapfenden, schweren Schritten zum Hauseingang schlurfte und dann nach links verschwand.

Ich dachte nicht nach über Frau Schnerske, sie wohnte in einer Dreizimmerwohnung nebenan, mindestens, seitdem die Gesellschaft die neuen Böden eingezogen hatte. Das war vor 1J2oahren. Da lebte mein Mann noch, weil er Fonds Anteile besaß, mussten wir damals 10000 Euro bezahlen als unseren Anteil, einfach so, wir haben zwei oder drei Monate nur von Karotten, Kartoffeln und billigem Wein gelebt. Damals lernte ich Frau Schnerske kennen.

Sie sagte, nach einem Einkauf vorm Haus.

„Sie kaafe als desselbe, Karodde, Katoffle un Woi, geht's ihne nit so gut.?"fragte sie damals.

Ich erzählte ihr die Sache mit den Fondsanteilen und den 10000 Euro.

Sie nickte, und meinte dann:

„Wissese was, isch habb Abbeit für Sie, sie könne zweimal in de Woche Mei Wohnung putze un dann nach Bedarf Übersetzunge mache, isch kriesch vill Post ausm Ausland".

Ich habe den Nebenjob angenommen damals, denn ich musste auch noch die Wohnung meiner Tochter bezahlen.

Mehr als Karotten und Kartoffeln gab es trotzdem nicht bei uns. Den Wein trank mein stets alkoholisierter Mann allein, ich trank Wasser aus dem Hahn und nahm damals in insgesamt drei Monaten zwanzig Kilo ab.

Das Gewicht, nicht mehr als 65, 5Kilo bei 1,69 Metern Größe, habe ich bis heute gehalten.

Heute übersetze ich nur noch gelegentlich für Frau Schnerske.

Kapitel 3

Ich sah auf die Uhr. Gerade noch Zeit, Hände und Gesicht zu waschen, was ich immer tun konnte, denn ich schminke mich nicht, die Haare zu kämmen, Mantel, Loop und Mütze aufzuziehen, Brille und Maske aufzusetzen, die Handtasche zu richten, Schuhe anzuziehen.

Ich stand schon an der Tür und schloss die Wohnung von außen ab.

Im Hausflur war Gottseidank niemand, so konnte ich unbehelligt nach draußen gehen, eilig zur Bushaltestelle etwa 500 Schritte entfernt. Unterwegs, am Schwimmbad begegnete mir wieder Eliza, ich rief ihr zu, dass ich zum Bus müsse und die ließ mich ziehen.

Der Bus kam bald, ich stempelte meine Fahrkarte und setzte mich rechts ans Fenster.

Ich schaute kaum hinaus, zu eintönig und langweilig war die ganze Straße, in der ich nun seit über 30 Jahren wohnte, die alten Wohnblocks , die verfallenen Reihenhäuser, alle in den 1960er Jahren eilig und schluderig gebaut, alles in die Jahre gekommen, mit überalterter gebrechlicher Bewohnerschaft. Eine Vorstadt ohne eigenen Charakter, wie es viele gab und gibt in Deutschland. Man hätte hier einzelne Straßenfluchten herauslösen und in irgendeiner anderen Stadt einsetzen können in Bochum oder den billigeren Vierteln von Berlin, es wäre nicht aufgefallen. Niemand fühlte sich hier wirklich zu Hause. Alle wohnten auf Zeit, verwurzelten sich anderswo oder eben gar nicht, investierten keine Zeit und kein Geld in Vereine. Es gab nur zwei sterbende Kirchengemeinden, mit lauter alten Mitgliedern, mit 68 wäre ich dort bei den Jüngeren gewesen, wenn ich noch dort gewesen wäre, aber nicht war. Die eine, die katholische Gemeinde verlor gerade ihre Kirche, aber das hatten wir schon weiter oben.

Ich war jetzt unterwegs, um T mit seiner hohen Stromnachzahlung zu treffen.

Er war vierzig Jahre alt und ein Lebenskünstler. Tagsüber arbeitete er als Wachmann, als Security Operator für ein Hotel am Rhein, in der Freizeit spielte er Keyboard in einer Band und rappte bei Poetry Slams, beides ziemlich erfolglos.

Der Bus fuhr die Stationen ab, bis zum Bahnhof, darüber hinaus in die Innenstadt. Der Bus wurde mit jeder Station voller, typisches Abendpublikum war dort: Leute, die von der Uni nach Hause streben, junge Angestellte unterwegs zum After work event, Mütter mit vollen Einkaufstaschen, wieder ein paar Alte mit Rollator. Mir wurde es dort zu eng. ZWEI Stationen hinter dem Bahnhof

stieg ich, mich durch die Leute zwängend , endlich aus, um den Rest des Weges, etwa 600 Schritte zu Fuß zu gehen.

Die Straße war nass vom Nieselregen, einige Frauen hatten bunte Regenschirme aufgespannt. Ich hatte keinen dabei. Bei mir musste die graue Wollmütze genügen, die ich mir vor zwei oder drei Jahren mit fünf Stricknadeln, einem Nadelspiel mithin, selbst gestrickt hatte.

Noch drei oder vier Minuten im Regen. Das Kopfsteinpflaster auf der Straße, die lange schon für Autos jeglicher Art gesperrt war, glänzte feucht.

Die Leute gingen eilig, die meisten von ihnen ohne Regenschutz, ein Junge hatte sich eine Plastiktasche über den Kopf gezogen und rannte schnell zum Bus.

Es regnete zwar, aber es war nicht wirklich kalt, deshalb setzte ich mich am Café Carrefour, das ich schließlich erreicht hatte, unter einen Schirm auf die Terrasse. Mit Blick auf den Brunnen, die alten Adelshöfe und die Leute. Es war schon fünf nach halb Sechs, T war nicht da, auch vom Service keine Spur. Hätte ich noch geraucht, wäre jetzt der Zeitpunkt gewesen, die Zigaretten auszupacken, eine zu nehmen, anzuzünden und gierig deren Rauch einzusaugen, zu husten und dann wieder schnell auszuatmen. Bei anderen auf der Terrasse beobachtete ich genau das jetzt. Wie sie sogen, gierig aber ohne echte Befreiung in ihren Gesichtern. Legal Süchtige eben, meist noch mit halbvollem Bierglas dabei, wobei man nicht wusste, das wievielte Glas es war.

Ich rauchte nicht, ich wartete, ich lauschte, was die Leute um mich herum so sagten. T war immer noch nicht da.

Eine Stimme hinter mir sagte laut zu einer Frau: „Du musst da raus, raus aus der Beziehung und raus aus dem Job. Denn der wird sich nie scheiden lassen, der hält dich hin. Warte, hier ist die Nummer einer Freundin, die hat ein Reisebüro in Frankfurt und sucht eine Mitarbeiterin, die auch die Website betreuen kann. Das kannst du doch. Und besser noch, weit und breit kein Mann, der dich in eine toxische Beziehung ziehen kann. Meine Freundin ist auch gebranntes Kind und duldet Männer in ihrem Betrieb nur als Praktikanten. Danach kündigt sie ihnen immer."

„OK, danke, ich versuch es mal. Die Kündigung habe ich schon lang geschrieben, die liegt frankierten im Schreibtisch, hab mich bis jetzt aber nicht getraut.", sagte die helle Stimme einer jungen Frau.

Ich drehte mich kurz um, eine stark geschminkte ältere Frau, in einen Wollmantel gekleidet, der seine beste Zeit schon gesehen hatte und eine junge blonde Frau in teurer blauer Lederjacke saßen da. Sie bestellten gerade, denn der Service war inzwischen gekommen.

„Wir haben was zu feiern, noch zwei Calvados und die Rechnung jetzt gleich.", sagte die ältere Frau

Der Serviceman zog die Papierquittung aus seinem Rechnungsblock, „12 Euro 30,bitte.",sagte er.

Die ältere Frau rundete auf 13Euro 50 auf und gab das Geld passend.

Ich nutzte den Augenblick mit dem Serviceman in der Nähe, machte ein Handzeichen, er bemerkte es und kam, ich bestellte.

„Für mich einen einfachen Kaffee schwarz.", sagte ich kurz.

Der Kellner nickte kurz mit dem Kopf. Ich drehte mich wieder um, hielt nach T Ausschau, der nicht kam. Dann zog ich mein Smartphone aus der Handtasche und schrieb auf What's App.

‚ Wo bleibst du denn, warte schon zwanzig Minuten.'

Ich schickte keinen Smiley, denn allmählich fing ich an, mich zu ärgern.

Das war wieder mal typisch T, erst ein Anliegen äußern, dann einen Termin ausmachen, den nicht einhalten und später sagen, so dringend wäre es nicht gewesen.

Ich fragte mich schon, ob ich je wieder mit T einen Termin abmachen sollte, da kam der Kaffee.

Kaffee schwarz, wie bestellt, ich zahlte gleich 3 Euro 50,das Trinkgeld gleich inkludiert.

Die Tasse war kleiner als früher, der Preis der gleiche, 2 Euro 95

Das war der Krise geschuldet und der Inflation von fast 10 Prozent.

Ich nippte kurz an der Tasse, der Kaffee schmeckte nicht rein, er war mit irgendetwas, das trocken scharf schmeckte, verlängert. Ich war enttäuscht.

Von T kam in dem Moment eine Nachricht.

‚Kann nicht kommen, haben einen Unfall im Hotel, melde mich später.'

Kapitel 4

Ich blieb noch eine Weile dort auf der Terrasse des Cafés sitzen,

beobachtete Leute, die trotz einsetzende Dunkelheit immer noch

zahlreich den Schillerplatz heraufströmten, meist Freundinnen Paare oder jüngere Männer mit ganz jungen Paaren, Einzelne, wie ich, waren die Ausnahme.

Ich vermutete, dass sie in die Altstadt rund um den Dom gingen, in die Kinos, Boulevardtheater oder Weinstuben, hier jedenfalls am Brunnen wollte niemand von ihnen sitzen. Entsprechend leer war es um mich herum, die ältere Frau und die junge Frau, deren Gespräch ich mitgehört hatte, waren inzwischen auch gegangen. Es war dunkel, bis auf das Teelicht im Glas, das der Kellner vorhin im Vorübergehen angezündet hatte. Da ich schon gleich bezahlt hatte, konnte ich gehen, wann ich wollte, und das tat ich dann auch.

Es hatte inzwischen aufgehört zu regnen, ich beschloss, die ganze lange Strecke bis BahnHof West zu laufen, etwa 3000 Schritte, leicht bergauf, denn die Stadt war auf sechs Hügeln gebaut und der Bahnhof lag erhöht auf halben Weg zum westlichsten Hügel.

Ich zog die Mütze tiefer ins Gesicht, sicherte meine Handtasche unterm Mantel und machte mich auf.

Mit regelmäßigen Schritten, die ich einem innerlich gesprochenen hebräischen Hymnus verdankte, ‚ging ich auf geradem Weg meine Schritte. An der Sparkasse und am Hauptbahnhof kam ich einer Gruppe betrunkener Männer gefährlich nahe, aber ich hielt den Blick streng auf dem Boden vor mir und wich jeder Berührung aus, so kam ich unbehelligt an ihnen vorbei. Am Bahnhof beschleunigte ich den Schritt, konzentrierte mich, ballte die Hand mit dem Schlüssel zur Faust und machte den aggressiven, meist angetrunken Männern aus aller Herren Länder, die dort geballt auftraten, unmissverständlich klar, dass es Prügel setzen würde, sollte einer auf Gedanken kommen.

„Ciao Bella", rief einer, aber ich wusste nicht, ob das mir galt.

„Lassma, dạss is Lehrerin von mich.Gute Frau.", sagte eine Stimme.

Ich sah auf und erkannte Hussein A., den ich vor Jahren kurz in Deutsch unterrichtet hatte. Er wollte eigentlich Apotheker werden, aber das hatte ja dann wohl nicht geklappt, wenn er wochentags abends hier am Bahnhof war unter all den schrägen Typen. Ich vermied es, ihn näher anzuschauen. Aber schon beim flüchtigen Hinsehen fiel mir auf, wie abgerissen er aussah, vermutlich illegal in Deutschland inzwischen und wohl auch obdachlos. Er tat mir leid, aber ich musste weiter.

Noch 400 Schritt bis Bahnhof West. Ich ging im Schatten eines jungen Paar mit etwa zehnjährigem Sohn in der Mitte zwischen sich, man konnte mich für die Oma halten, so blieb ich unbehelligt.

Am Bahnhof West stieg ich in den ersten Bus, der in meine Richtung fuhr, stieg mit Maske, die ich inzwischen angezogen hatte aus und lief über vier Häuserblocks und drei Strassen nach Hause.

Unterwegs traf ich Eliza, diesmal mit Hund.

„Du mit Hund, das gibt es doch gar nicht. Vor einiger Zeit hast Du mir gesagt, dass Du Hunde nicht ertragen kannst. Sie würden stinken, hast du gesagt

Und nun das.", sagte ich.

„Ja, den Karl habe ich von der Nachbarin übernommen, die ins Pflegeheim umgezogen ist. Dorthin konnte sie ihn nicht mitnehmen. Und bevor er ins Tierheim kommt, nehme ich ihn.", sagte Eliza.

„Du gute Seele, da hast Du ja eine Aufgabe, der hält Dich auf Trab.", antwortete ich.

„Und ich komme rum im Wohngebiet, ich führe ihn jeden Tag insgesamt eineinhalb Stunden aus. Das sind etwa neun gelaufene Kilometer.", sagte Eliza.

„Hör mal, wenn du so rumkommst und auch mit den Leuten sprichst, weißt du was Neues von der Kirche oder vom Wohngebiet.?", fragte ich.

„Also", sagte Eliza, „die Evangelische Wohnstatt für Behinderte wird auch abgerissen, auf dem Grundstück vom Hochhaus an der Bäckerei wird bald ein zweites Hochhaus gebaut und Eberles lassen sich scheiden."

„Du bist ja besser informiert als die Polizei erlaubt", sagte ich und, „gut, dass ich das vom Neubau weiß , da kann ich vielleicht etwas investieren."

„Da entstehen nur Mietwohnungen, aber auf Genossenschaft. Kannst ja morgen mal hingehen, am Bauzaun steht die Adresse. Wieder der reiche Herr R, aber er bietet Genossenschaftseigentum.", sagte sie.

„Das ist interessant. Wie kommt's ?", fragte ich.

„Ich weiß es doch auch nicht, aber ich vermute persönliche Gründe", sagte Eliza,und: „Der reiche Herr R ist jetzt auch schon über 80,da ist es Zeit, für die Zeit danach zu planen. Ob er Kinder und Erben hat, weiß ich nicht, jedenfalls hat er schon vor zehn Jahren angefangen, genossenschaftlich zu vermieten. Am ehemaligen Oblatenkloster gehört ihm auch ein ganzer Block, alles genossenschaftlich vermietet."

„Du bist ja eine wirkliche Kennerin, Eliza. Aber mir wird jetzt kalt, ich muss nach Hause, mach es gut für heute.", sagte ich.

„Ja ciao, komm Karl.", sagte Eliza und zog ihren Hund zu sich, der die ganze Zeit an der langen Leine auf der Hundewiese links von der Straße geschnuffelt und wohl auch gepinkelt und Kot abgesetzt hatte, ohne dass wir es bemerkten, wo genau, ließ sich nun nicht mehr sagen. Auf der Hundewiese waren viele Hundespuren. Der nächste Regen würde sie wegwaschen….

Kapitel 5

Diesen Morgen, es war vier langweilige Tage später, beschloss ich, zu Hause zu bleiben.

Sollte Thomas mich wieder wegen seiner hohen Stromrechnung angehen, würde ich ihm absagen. Heutzutage hatten viele Menschen hierzulande hohe Stromabrechnungen. Das war der Krise, dem Ukraine Krieg und den hohen Energiepreise allgemein geschuldet. Ich konnte mir auch denken, dass Thomas, der ein Bohemian war, Tag und Nacht Medien benutzte, seine schlecht isolierte Wohnung unterm Dach in der Altstadt mit Strom heizte und auch beim Kochen und Backen und Waschen nicht sparsam war. Ob ich ihn zum Stromsparen bringen könnte, war fraglich. Wozu also mit ihm reden.?

Immerhin war da noch der Unfall in seinem Hotel….

Also wollte ich ihm doch noch einmal eine Chance geben.

Unter diesen Gedanken wischte ich die Möbel im Wohnzimmer, das alte Klavier, das ich nicht mehr Stimmen konnte, das aber noch schön aussah, die Ledercouch, die ich nun seit bald zehn Jahren besaß, ein Geschenk von Edith, die diese Couch sonst auf dem Sperrmüll entsorgt hätte, der Kneipentisch, Berlin 1927,ein Sperrmüllfund, der mir als Esstisch diente, und noch ein paar Kleinmöbel, Vitrinen und Boards, die ich gebraucht zusammen gekauft hatte über die Jahre.

Ich kaufte keine neuen Möbel, die waren nicht handwerklich korrekt gebaut und bestanden aus billigem Pressspan. Das wollte ich nicht für mich. Genauso wie ich die Bibel, wenn überhaupt, nur hebräisch las, das Neue Testament hielt ich für ein gigantisches Märchen, genauso bevorzugte ich massive Holzmöbel, die es heute nur gab, wenn man sie selbst baute oder für sehr viel Geld vom Handwerksmeister bauen ließ. Beides war für mich nicht leistbar, also nahm ich gebrauchte Möbel, 60 bis 150 Jahre alte Möbel, wie ich sie fand.

Es klingelte. Es war die Nachbarin, Frau M.

„Können Sie mir vielleicht eine Briefmarke verkaufen?", fragte sie.

„Tut mir leid, ich habe auch nur noch drei, die brauche ich selbst.", sagte ich.

„Ach so, da muss ich dann extra vor ins Einkaufszentrum, 2 km einfacher Weg.", sagte sie.

„Warum bestellen Sie nicht im Internet bei der Post? Das ist in drei Tagen da, im Briefkasten.", sagte ich.

„Ich habe keinen Computer.", sagte sie.

„Ach so, also dann verkaufe ich Ihnen doch eine Marke, warten Sie kurz.", sagte ich.

Ich ging zum Schreibtisch, wo ich in Wahrheit noch vierzehn Marken aufbewahrt, nahm eine weg, ging zurück zur Wohnungstür, die angelehnt gewlblieben war und gab Frau M die Marke. Die steckte mir einen Euro zu und sagte, dass es so stimme.

„Soll ich Ihnen im Internet Briefmarken bestellen, so 20 Stück für 17 Euro? Ich bezahle für Sie und Sie geben mir das Geld in bar.", schlug ich vor.

„Nein danke, so viele Briefmarken brauche ich das ganze Jahr nicht, und wer weiß, wie lange ich noch hier wohne, ich habe einen Platz im betreuten Wohnen beantragen lassen, ich schaffe es nicht mehr allein.", sagte sie.

„Alsdann, schönen Tag noch.", sagte ich.

Das alles hatte mir die Sprache verschlagen. Wie konnte ein Mensch, wenn auch älter, wirklich ohne Computer leben. Wie konnte die Briefe, offizielle Briefe schreiben, ohne sich bei Ämtern und Behörden lächerlich zu machen, oder bei der Vermietungsgesellschaft?

Dass ich diese Fragen zurecht stellte, sollte sich bald erweisen.

Einstweilen hielt ich an meinem Plan fest, heute nicht vor die Tür zu gehen.

Es gelang mir auch. Ich saß im Ledersessel und las, verschiedene Bücher, auch das von Ferdinand von Schirach ‚Kaffee und Zigaretten', ein zauberhaftes Buch mit wunderbaren, kurzen Miniaturen. Ich las es wieder und wieder, besonders die Geschichte über die Witwe des Boxers. Die hatte es mir angetan.

Wenn ich mit dem kleinen, schmalen Band fertig war, fing ich gerade wieder von vorne an, die elegante, sparsame Sprache genießend.

So verging viel Zeit an diesem Tag.

Abends hörte ich im Radio noch Deutschlandfunk mit einem Feature über Taiwan und die Chipindustrie.

Dann machte ich mich fein, betete und schlief ein.

Kapitel 6

Am nächsten Morgen las ich erstmal online Nachrichten. Es gab ein Gezerre wegen des Frachthafens Hamburg, ob dort Chinesen als Investoren zugelassen sein sollten. Der schwache Kanzler S stand dafür, sechs weitere Bundesminister dagegen. In China wurde X für eine dritte Amtszeit gewählt, ein mächtiger Mann war er geworden, in der Ukraine zogen sich Russische Truppen im Osten zurück, die USA boykottieren weiterhin die Zusammenarbeit mit China in der Chipindustrie und verweigerten den Zugang zu Schlüsseltechnologien.

Unfrieden, wo ich hinblickte. Ich hatte keine Lust mehr auf stets nur negative Nachrichten und klickte das alles weg. Was könnte ich mit meinem kleinen Leben dagegen ausrichten. Nichts. Nur Sorgen, dass es die Meinen und mich nicht bedrohte oder uns Schaden zufügt.

Zudem wusste ich, dass zu viele an negativen Nachrichten verdienten, um die Raten für Ihr Reihenhaus zu bezahlen, die hatten gar kein Interesse, die Dinge in besserem Licht zu schildern und entschuldigten sich auch nicht, wenn Ihre Schwarzmalerei sich als Fake herausstellte. Ich war bloß froh, dass keiner in der Familie als Journalist sein hartes Brot verdienen musste auf Du und Du mit Übertreibungen, Falschbehauptungen und offensichtlichen Lügen oder so tun musste als wüsste er oder die etwas, wo es nichts zu wissen gab. Gleichermaßen froh war ich, dass niemand in der Familie als Pfarrer oder Priester unterwegs war, aus den gleichen Gründen, immer auf Du und Du mit Fiktion en,

Übertreibungen, Falschbehauptungen und offensichtlichen Lügen, die in Machtmissbrauch schlimmster Sorte mündete, besonders mit Kindern.

Man bleibe mir fort damit.

Das dachte ich nicht allein. Hundertausende dachten so, die jährlich die Kirchen verließen.

Es ekelte mich, wenn ich daran dachte.

Einfach widerlich.

Ich schloss diese unerträglichen Gedanken ab, indem ich bei einer Bank anrief.

„Guten Tag, ich habe gelesen, dass Sie jetzt

VERZINSUNGEN von 2,7 Prozent anbieten, in welcher Stückelung und zu welchem Zeitraum.?", fragte ich.

„Am besten gehen Sie auf unsere Website, da steht alles, da können Sie auch gleich online ordern.", sagte die freundliche Stimme eines Mitarbeiters.

„Danke!", sagte ich.

Das war es, was blieb jenseits der schlechten Nachrichten und der großen Lügen, zu sorgen für sich und die Seinen und mitunter auch manches andere Menschenkind.

Kapitel 7

Der Anruf von T kam zwei Tage später. Es war schon fast wieder Wochenende.

„ICH trau mich kaum, dich nochmal zu bitten. Aber inzwischen habe ich auch meine Nebenkostenabrechnung bekommen. Über 600 Euro Nachzahlung habe ich und du, wieviel hast du?",

fragte er.

Ich hatte gar keine Lust zu antworten, sagte aber dann doch: „Ich habe eine kleine Gutschrift."

„Respekt. Wie machst du das nur, kannst du mir Tipps geben.?", fragte T.

„Lieber nicht, ich weiß, dass du immer bullenwarm machst, weil du nackt in der Wohnung rumhüpfst und dann kochst

du ganz viel und teuer, um deine wechselnden Lover zu beeindrucken. Und dann wäschst du deine ganze Wäsche bei 60 Grad, weil du eine Bakterienphobie hast. Das weiß ich alles von dir selbst und genau da ist das Problem. Was soll ich dir denn da noch raten. Das sieht doch ein Blinder mit dem Krückstock, dass das so nicht funktionieren kann.", sagte ich.

„Wir treffen uns also nicht zum Kaffee, oder?", fragte T.

„NEIN, das letzte Mal hast du mich sitzen lassen. Keine Neuauflage davon bitte.", sagte ich.

„Aber das war doch wegen dem Unfall?", widersprach mir T.

„NUR so, was war da eigentlich los im Hotel?", fragte ich.

„JA, zunächst ist der Dackel der Eigentümerin die große Empfangstreppe runtergestürzt und hat sich eine Rippe gebrochen. Dann wurde ein Gast bewusstlos auf der Toilette neben dem Frühstücksraum gefunden, die Rettung brachte ihn ins Krankenhaus, er soll dort inzwischen verstorben sein. Jedenfalls kam gestern eine Amtsperson, ein Anwalt oder sowas, räumte das Hotelzimmer und bezahlte die offenen Nächte, der sagte sowas.", erzählte T.

„KLINGT merkwürdig. Wer war denn der Tote?", fragte ich.

„Ein Immobilienspekulant aus Frankfurt, sehr alt schon, ein Bekannter der Hotel Eigentümerin, die oben ganz allein in einer 5 Zimmerwohnung mit Dachterrasse wohnt. Ich musste jedenfalls dabei bleiben, bis die Rettung abgefahren war und dann noch einen Bericht schreiben.", sagte T.

„Die Eigentümerin kenne ich und ihren Dackel Gustl auch, sie heißt mit Vornamen Brigitte. Ihr Sohn war lange im Privatunterricht bei mir.", sagte ich kurz.

„Ist ja ein Ding.", sagte T und : „Wie gut kennst du sie denn?", fragte T neugierig.

„So gut, dass sie mich ein oder zweimal im Jahr zum Luxusessen mit der Familie einlädt, wo ich dann Klavier spiele.", sagte ich. „Wir singen dann auch alle, Volkslieder und Gospels und den ein oder anderen Hit von Queen."

„Kannst du das denn spielen? Das habe ich nicht gewusst. Dann könntest du mich ja auch mal im Poetry Slams begleiten.", schlug er vor.

„Nein danke, dafür bin ich zu alt, ich bin bald 70 und du bist 27, wie soll das gehen. Außerdem finde ich, mit Verlaub, deine Raps nicht gerade das Gelbe vom Ei. Ich bin ehrlich.", sagte ich schroff.

„Ich sehe, du bist heute nicht gut drauf. Dann mach es mal gut.", sagte T und klickte mich weg.

Ich seufzte, hätte ich bloß damals, als ich den Kneipentisch auf dem Sperrmüll entdeckt hatte nicht T um Hilfe beim Tragen gebeten, ein paar hundert Meter entfernt von mir. Ich hätte den Tisch nie allein tragen können, er war schwer. Massive Eiche, 100 Jahre alt.

T half mir damals und kam drei Tage später wie zufällig vorbei und bat mich gleich um Hilfe. Er war zwei Monatsmieten für seine Wohnung schuldig geblieben und musste seine Wohnung räumen. Ob ich ihn nicht aufnehmen könnte, er hätte schon was Neues in Aussicht, aber drei, vier Tage müsse er überbrücken.

Ich ließ ihn dann vier Nächte auf dem Ledersofa schlafen, was er tagsüber in meiner Wohnung, zu der er keinen Schlüssel bekam, trieb, wusste ich nicht, ich sah nur abends benutztes Geschirr und einen fast komplett leer gefressenen Kühlschrank, sogar eingeweckten Knoblauch hatte er nicht verschmäht.

Nach vier Tagen wurde es mir zu viel und ich schmiss ihn auf die Straße. Ich arbeitete damals noch in der Privatschule und brauchte meine Ordnungen, um den knochenharten Job mit Migranten stemmen zu können.

Dann habe ich ihn aus den Augen verloren, vor drei Jahren wieder zufällig in einem Luxuskaffee in Frankfurt gesehen, wo er damals als Kellner arbeitete. Seitdem ging er mir regelmäßig mit irgendeinem Problem auf die Nerven. Ich dachte daran, eine neue Handynummer zu nehmen und alle Hinweise auf mich im Internet zu löschen. T war auf der Abschussliste, definitiv.

Was er da wieder für eine Geschichte angebracht hatte, von einem Beinahetoten im Hotel.

War bestimmt erfunden. In Wahrheit hatte er wohl ein Spontandate und da war ich abgemeldet, wie dringend die Stromnachzahlung auch war.

Das dachte ich mir, öffnete die Terrassentür, trat auf die Terrasse und sog gierig die frische, feuchte Herbstluft ein.

Nach einigen Atemzüge war T vergessen, bis zum nächsten Mal.

Kapitel 8

Ich ging am Mittag des nächsten Tages einkaufen, nicht weit entfernt von meiner Wohnung, etwa 600 Schritte einfacher Weg von dort bis zum Supermarkt. Ich zog meinen Shopper eilig hinter mir her. Das war nötig, denn ich wollte mehrere Flaschen Vitaminwasser kaufen, die wogen schwer und genau die wollte ich nicht schleppen müssen. Ich hatte den Daunenmantel, den Baumwollloop, die Baumwollmütze an, an den Füßen trug ich warme Sneakers, um das Handgelenk des linken Arms hatte ich meine Maske gespannt. So ging ich Schritt für Schritt ohne Pause über den Spielplatz, den langen Zwischenblocksweg entlang, über die Verkehrsstraße, auf den Parkplatz des Supermarkts , bis zu den Einkaufskarren, wo ich meinen Euro einsteckte, den Karren löste, den Shopper auf das Ablagefeld des Karren stellte, hineinging, im Vorraum die Maske aufzog, alles Routine, erlernt in bald drei Jahren Pandemie. Nicht alle Kunden im Supermarkt trugen Maske, vom Personal ohnehin niemand. Ich ging meine Wege, kaufte das Gewohnte, Vitalschnittbrot,

, verschiedene Weichkäse, Joghurt, Vegane Wurst, Kartoffelsalat,Fruchtkompott, hochwertige dunkle Schokolade, Tomaten und Trauben und Vitaminwasser, davon vier Flaschen. Kaffee brauchte ich diesmal nicht, hatte noch zwei Gläser, denn ich trank nur Instant Kaffee, weil ich keine Lust auf Schimmelpilze in der Kaffeemaschine hatte. Diese hatte ich vor Jahren gereinigt und an eine Studentin im Nachbarhaus verschenkt. Die war bestimmt inzwischen schon außer Betrieb…

Ohne irgendein bekanntes Gesicht zu treffen, ging ich vor zu den Kassen: meine Bekannten datieren ja aus der Zeit, als ich kurz in der evangelischen Gemeinde aktiv gewesen war, aber ich war dann ausgetreten, das war 17 Jahre her. Entsprechend alt waren meine Bekannten von damals, damals waren sie im besten Alter, heute 70,80, 90Jahrealt, die meisten schon tot oder im Pflegeheim. So wie Petr, Klaus, Lyn, Manfred, Hanns, Olga, Ingrid und Ingrid 2, Dr. Maria. Die anderen, die noch lebten, sah ich selten, vielleicht ein oder zweimal im Jahr und dann vermied ich es, sie zu grüßen. Die Gemeinde und ich, das war unwiederbringlich verloren, und zwar zu meinem Besten.

Diese Gedanken kamen mir in den Kopf, während ich an der Kasse wartete.

Endlich war ich nun an der Reihe. Ich legte die Waren auf, sagte, dass ich mit Karte bezahlen würde und noch 40 Euro mitnähme. Die junge Kassiererin arbeitete meine Waren ab, gab mir Geld und Quittung und wünschte routiniert: „Einen schönen Tag noch."

Ich sagte: „Danke, für Sie auch."

Ich kannte die Kassiererin nicht, sie war neu, offenbar wechselte der Markt gezielt das Kassenpersonal alle vier bis acht Wochen aus. Die Stammkräfte, zum Teil seit Jahren hier beschäftigt,

hatte ich wochenlang nicht mehr gesehen.

Inzwischen hatte ich meine Sachen im Shopper verstaut, den Karren zurückgestellt und meinen Euro zurückgeholt, die Maske abgesetzt und war auf dem Heimweg. ÜBER den Sandboden des Spielplätzen konnte ich den Shopper nur mit Mühe ziehen, dann musste ich pausieren.

Denn vor mir lief der alte Richter M. Wenn ich den jetzt überholen würde, könnte er anfangen rechtswidrig Strafsachen gegen Bewohnerinnen und Bewohner der Wohnanlage zu erzählen, die er in seiner aktiven Zeit als Richter am Amtsgericht verhandelt hatte. Er schimpfte auch immer über einzelne Bewohner meines eigenen Hauseingangs, die hätte en Namen gewechselt und hätten ihre vielen Vorstrafen löschen lassen…. Usw.usw.

Auf solche Monologe dieses unangenehmen Patrons der zwangsweise in den Ruhestand versetzt worden war, hatte ich keine Lust. Ich blieb hinter dem Richter stehen, sah, wie er, auffällig klein und gedrungen, ohne Haare vor mir durch den Sand stapfte, weiter bis zur Treppe lief, sich am Geländer die kleine Treppe hochzog, sich dann bis zum letzten Eingang des Wohnblocks bewegte, die Tür aufschloss, eintrat und verschwand. Erst dann ging ich weiter. In drei Minuten war ich in meiner Wohnung, gesichert und geschützt. Ich war dankbar.

Ich setzte mich ins Wohnzimmer an den Kneipentisch. Der Blick führte auf die Terrasse. Stärkerer Wind wehte die Lorbeerhecke zur Seite, bog den Ahornbaum weit nach rechts, dann regnete es stark.

Ich öffnete die Terrassentür, ließ die feuchte, vom Regen reingewaschene Luft hinein und freute mich an dem wilden Tanz der Regentropfen auf dem Boden der Terrasse.

Ein Eichhörnchen wischte durch die Hecke, suchte Schutz im Schatten des Ahorns, der noch genug gesunde Blätter trug. Es blieb da festgekrallt im Stamm des Ahorns Das dauerte eine Zeit, wie erstarrt blieb das Tierchen dort. Als es aufgehört hatte zu regnen, keine halbe Stunde später, sprang es leicht auf die Wiese und rannte schnell über den Weg in den dicht bewachsenen Beerengarten rings ums große Mehrfamilienhaus nebenan.

Ich hatte bei offener Tür die ganze Zeit still am Tisch gesessen, bis mir von den Füssen her kalt wurde. Da stand ich auf, schloss die Terrassentür, las auf dem elektronischen Thermometer ab, dass es doch noch 20,3 Grad war.

Mein Blick fiel dann auf ein altes Buch auf dem Kneipentisch, Hebräische Grammatik für den akademischen Unterricht, Oskar Grether, München 1955.

Ich nahm es weg und räumte es beiseite. ‚Das brauche ich nun nicht mehr‘, dachte ich.

Warum, wäre eine lange, eigene Geschichte, die ich hier nicht erzählen will. Das Buch war fast so alt wie ich. Ich hatte es für 3 Euro auf einem Bücherflohmarkt mit vielen theologischen Texten gefunden und gekauft, 20 Jahre war das her, oder länger. Ich würde mich davon trennen, das Buch war einfach nicht auf der Höhe der Zeit. Unlesbar.

Kapitel 9

Ich war, es war Sonntagnachmittag, unterwegs zu Eliza. Sie hatte mich eingeladen zu Kaffee und Lebkuchen. Ich liebte das. Und weil ich ihre Lust an seltsamen Keramiken kannte, hatte ich aus meiner Vitrine für Nippes Figuren eine herausgenommen, ein irdenes Seepferdchen in Blau und Grünhatte es nett eingepackt, Wollfaden drum herum und fertig war das Geschenk.

Es war nicht weit zu Eliza. Sie wohnte, genau genommen, im Nachbarhaus, nicht einmal einhundert Schritte einfacher Weg weit entfernt. Ich war schon da, klingelte an der Wohnung 177

Denn das hatte sie mir gesagt, auf Echtnamen würde hier verzichtet, es gab nur Nummern.

Der Tür Drücker summte, ich ging ins Haus, gleich rechts war der Aufzug, hinein, ich war allein, auf das 6.Stockwerk gedrückt-wenig später stand ich in einem breiten, halbdunklen Flur, die Tür zur letzten Wohnung links stand offen, ich sah das Gesicht von Eliza.

„Schön, dich zu sehen. Ich hab dir auch was mitgebracht.", sagte ich.

„Au fein, aber komm erstmal rein, Hilde.", sagte sie.

„Hier, das ist für dich, von Herzen.", sagte ich und streckte die Hand aus mit dem Geschenk.

Sie griff es behutsam, packte es eilig aus, knüllte das Papier zusammen und rief mit heller Stimme:

„Ein Keramikseepferdchen, wie hübsch.Wo hast du das gefunden?", fragte die noch.

„Das ist von Kreta, vor 12 Jahren.Hab deine Freude daran.", sagte ich.

„Wenn du es so willst, aber eigentlich hängen da doch deine Erinnerungen dran.", wandte sie ein.

„Hör mal zu Eliza, mein Mann war auf Kreta jeden Tag sturzbetrunken , im Hafen fiel er ins Wasser und ich musste ihn retten, obwohl ich mich schwimmtechnisch gerade mal selbst über Wasser halten konnte. Das war der schlimmste Urlaub, den man sich vorstellen kann. Solche Erinnerungen lösche ich gerne.", sagte ich unverhohlen. „Aber was anderes, wo ist dein Hund Karl?", fragte ich noch.

„Der schläft jetzt, wir waren heute Morgen lange draußen und er ist schon älter, es war vielleicht ein bisschen viel. Aber wenn du willst, kannst du ihn mal sehen. Komm dann einfach mit.", sagte sie und führte mich ins Nebenzimmer. Da lag Karl, der braune Mischlingshund mitten auf dem breiten Bett, zur Kugel zusammengerollt und schnarchte.

„Na dann, ich hab ihm ein Leckerli mitgebracht, hoffentlich ist es noch gut.", sagte ich.und zog ein kleines Päckchen aus der Handtasche, das dort schon eine Weile gelegen hatte, denn bei meinen Spaziergängen verschenkte ich gern mal etwas an die Hunde der Leute, die ich traf.

„Ach danke, aber jetzt ist erstmal Kaffeezeit, danke auch für das drollige Seepferdchen.", sagte Eliza, führte mich zurück ins Wohnzimmer an den Kaffeetisch und hieß mich setzen. . Auf dem Tisch stand eine Thermoskanne Kaffee, es waren Tassen und Teller da, auf jedem der beiden Teller ein schwarzer Schokoladenlebkuchen mit Serviette, aber ohne Gabel. Sie setzte sich auf einen Sessel gegenüber der Couch und griff die Thermoskanne. Sie schenkte Kaffee ein.

„Wir beide trinken unsern Kaffee schwarz, deshalb habe ich keine Milch und keinen Zucker hingestellt.", sagte sie.

„Ich liebe Schokoladenlebkuchen, wusstest du das?", fragte ich.

„Ich habe es vermutet, weil du nie im Supermarkt Kekse oder Kuchen kaufst, aber wenn es Lebkuchen gibt, so ab August oder September , sehe ich dich öfter am Lebkuchenregal.", sagte sie.

„Gut beobachtet, an dir ist eine Detektivin verloren gegangen. Wie lange arbeitest du noch im Supermarkt?", fragte ich.

„Noch zehn Jahre, wenn ich gesund bleibe, ich wurde befördert, bin jetzt Substitut. „‚ sagte sie

„Aber es ist Sonntag, lass uns deinen tollen Lebkuchen probieren.", sagte ich.

„Gute Idee", sagte sie, griff den runden schokoladenschwarzen Lebkuchen und biss hinein.

Ich tat es ihr gleich, ein süßer, durchdringend warmer Geschmack füllte meinen Mund, es roch nach

Honig und Haselnuss und Lebkuchengewürz. Es schmeckte wunderbar lieblich.

„Ach, das tut einfach gut, richtig feiertäglich.", sagte ich.

„Ja wenn das so weitergeht mit unseren Kirchen, wird es schon bald nichts mehr zu feiern geben.", sagte Eliza und : „du weißt, ich bin genauso aus der Kirche ausgetreten wie du, aber ich denke, dass christliche Prinzipien wichtig und richtig sind, zuallererst Ora et Labora.", sagte sie scharf.

„Arbeite und Bete", sagte ich, „einverstanden."

„Ich habe Menschen kennengelernt, die, anders religiös sozialisiert, es damit nicht ernst meinten, sind alle gescheitert.", sagte ich.

„Welche Menschen waren das?", fragte sie.

„DAS waren Schüler von mir und andere, aber das war schon tragisch, hochbegabte Leute, aber hatten keinerlei Arbeitsdisziplin. Sind wieder weggegangen, leben von Gelegenheitsjobs irgendwo auf dieser Welt. Ich habe seit Jahren nichts mehr von ihnen gehört.", sagte ich.

„Nun ja, es gibt auch hier Leute genug, die nicht arbeiten können.", sagte Eliza.

„Das stimmt, sagte ich. Ich hab in der der evangelischen Gemeinde mindestens drei von acht gefunden, die damit Probleme hatten. Hauptsache fromm. PUSTEKUCHEN. Deren Männer haben sich brutal von ihnen getrennt, als die Kinder erwachsen waren und sie leben jetzt von Sozialhilfe. Keine Charity mehr, da wäre es nur peinlich, dass man sich die modischen Schuhe einfach nicht mehr leisten kann.", sagte ich. „oder das ITpiece, das gerade angesagt ist…..".

„Wir werden dieses Problem hier nicht lösen, heute nicht und generell nicht.", sagte Eliza. Wir unterhielten uns noch eine ganze Weile über die Arbeit von Eliza, sie war leitend im Supermarkt

Beschäftigt, ihre Familie, von der sie sehr sparsam und eher vorsichtig erzählte, von meinem Alltag als nun zur Privatperson befreiten Rentnerin, von meiner Familie, die ich auch nicht im Detail beschrieb. Die Zeit verging. Sie zeigte mir noch Fotos von einem Urlaub in Antalya, wo sie mit 40 Jahren das Schnorcheln erlernt hatte. Da war auch ein Mann mit ihr auf dem Bild. KLIVE. Ein Engländer, ein Urlaubsflirt. Eliza lebte wie ich allein.

„Was anderes, weißt du schon, wie es mit der Kirche weitergeht? Sie soll doch abgerissen werden, oder?", fragte ich.

„Das Neueste ist, dass der Investor, der dort eine Wohnanlage bauen wollte, abgesprungen ist, denn durch die Inflation und Lieferprobleme hätten sich die Baukosten verdoppelt, das konnte er nicht packen. Deshalb soll erstmal nur der Kirchturm abgebrochen werden. Was aus dem Kirchgebäude werden soll, bleibt unklar.", erklärte Eliza.

„Es ist wirklich toll, was du alles weißt.", sagte ich bewundernd.

Dann aßen wir unseren Lebkuchen fast ganz auf, ich trank meine Tasse Kaffee leer, bedankte mich wünschte Eliza noch eine gute Zeit und ging wieder nach Hause. Es war ein richtig guter Sonntagnachmittag gewesen. Ich schickte ein stilles Danke nach Hoch.

Kapitel 10

„Lange nicht mehr gesehen, liebe Hilde!", rief eine Stimme,
als ich gerade mit dem Shopper durch den
Zwischenblocksweg ging, denn ich hatte keinen Käse mehr
und musste deshalb zum Supermarkt einkaufen gehen.

Es war Theo. Ein gross 80er, ein kluger Kopf. Früher als
Zahnarzt tätig. Ich wunderte mich, ihn hier zu sehen, er war
vor vielen Jahren nach Frankfurt gezogen, in eine Villa.

Er ging auf mich zu, streckte die rechte Faust zum Gruß aus.

Ich tippte die Faust an und lächelte ihn an.

„WAS hat dich bloß hierher verschlagen, du wohnst doch eigentlich luxuriös in Frankfurt Schwanheim.", sagte ich und: „Ihr seid doch vor 15 oder 16 Jahren dahin gezogen, Regina und du, ins Haus der Erbtante, du hattest dir dieses tolle neue Zuhause als Oberarzt außer Dienst auch redlich verdient."

„Warst du damals bei der Einweihungsparty?", fragte Karl.

„Ja, ihr hattet mich und Tochter und deren Freund eingeladen.", sagte ich.

„Dann weißt du ja, wie schön das Haus war, Pool, Wintergarten und Sauna, großes Wohnzimmer, drei Bäder, Hobbyraum, Partykeller,

… Tempi passati, ich habe es wieder verloren, aber das ist nicht so schlimm.", sagte er und verzog den Mund trotzdem wie enttäuscht nach unten.

„Sag bloß, was ist passiert.", fragte ich.

„Das ist schnell gesagt, das geerbte Geld ist mir zu Kopf gestiegen, ich habe dann in eine Medizinerimmobilie investiert und mit Vermietungen spekuliert, dann ist dort die Heizung zusammengebrochen, die Mieter haben zurecht nicht mehr gezahlt, ich kam in Schieflage, konnte die Kredite nicht mehr bedienen, Zwangsversteigerung, Privatinsolvenz, auch das Haus in Schwanheim ging dabei drauf, ich wohne jetzt auf zwei Zimmern im Hochhaus in Oberrad, Schafheckstraße, zur Miete. Gott sei Dank habe ich noch meine halbe Pension. Regina hat sich in all dem scheiden lassen, sie bekommt die andere Hälfte. Sie wohnt in ihrem Heimatdorf bei Bonn.

„Mir wird schlecht, wenn ich das höre. Aber Hauptsache, du hast noch den Kopf auf dem Hals.", sagte ich. Und: „Darf ich dich zu einer Tasse Kaffee einladen. Wir haben hier eine Bäckerei mit Café beim Supermarkt."

„DAS ist ganz lieb, aber ich habe einen Termin bei der medizinischen Fußpflege. Direkt bei dir um die Ecke, jetzt gleich. Mein Zehennagel ist eingewachsen, sehr schmerzhaft, mal sehen, ob sie es wieder hinkriegt, aber hier hast du meine Karte, für später mal.", sprach es und steckte mir eine kleine beige Karte zu. Mit Namen und Adresse ohne Doktortitel.

Ich steckte sie EIN, zog sie wieder hervor und verwahrte sie in meinem sorgfältig geordneten Portemonnaie, das ich kurz aus der Handtasche griff und dann wieder in die Handtasche sinken ließ. Ich verschlossen die Handtasche mit Reißverschluß, den ich noch mit der Lederklappe sicherte. Besser so... Ich winkte Karl kurz zu und ging weiter.

Bald war ich am Supermarkt, da ich nur etwas Brot und Käse brauchte, zog ich meinen Shopper ohne Karre durch den Markt, griff schnell das Päckchen mit dem Schnittbrot, zehn Scheiben, genug für drei Tage und weiter hinten die zwei Päckchen Käse und ging zur Kasse. Eine ganz junge Frau saß dort, die ich noch nie gesehen hatte, neben ihr stehend Eliza.

„Hallo du,", sagte sie, „ich muss meine Kollegin einarbeiten. Danke nochmal für das Geschenk, passt perfekt in meine Sammlung."

„Keine Ursache", sagte ich, bezahlte bar mit ein paar Münzen, packte ein und zog meinen Shopper zum Ausgang.

Draußen merkte ich, dass ich vergessen hatte, meine Maske aufzuziehen. Daran war nun nichts mehr zu ändern.

Ich ging mit eiligen Schritten, regelmäßig atmend dabei, nach Hause. Die Leute, die ich unterwegs noch sah, näher und ferner, kannte ich nicht und die interessierten mich auch nicht, irgendwelche

Typen mit Lastenfahrrad und Dutt, obwohl sie Männer waren, Lohn Hilfsarbeiter einer ökologischen Transportfirma in der Nachbarschaft. Oder täuschte ich mich? Es könnten auch gentrifizierte Väter von Kleinkindern sein, die ihren Nachwuchs bei den relativ vielen Tagesmüttern abgegeben hatten, die es hier gab.

Ich wusste nur, dass ich so ein Lastenfahrrad kaum benutzen würde, es machte mir Angst. Überhaupt all diese teuren E bikes und Pedelec. Ich hatte ein Pedelec besessen, vor 17 Jahren schon, war damit durch halb Deutschland gefahren, ich hatte es hergegeben, weil ich merkte, dass ich es im kritischen Fall nicht wirklich beherrschen konnte, mit nachlassender Kraft, was dem Alter und meiner drastischen Gewichtsabnahme vor 7 Jahren geschuldet war. Inzwischen, seit ich nicht mehr rauchte, hatte ich wieder etwas zugenommen, aber nicht viel, gerade mal 2,5 Kilo. Das Pedelec war zuerst an meine Tochter gekommen, dann brauchte es eine euren Akku, außerdem hatte es einen Platten.

Eine Nachbarin wollte das richten, hat es aber zwei Jahre nie getan. So wurde das nun 17 Jahre alte, abgewirtschaftete Pedelec an zwei technisch versierte Syrer verkauft, für den Restwert. Sie sagten, sie bräuchten es für Ihren Herz kranken Vater, der nicht mehr länger als 50 Schritte am Stück laufen konnte, auch kei en Rollstuhl haben wollte, mit dem Pedelec würde es gehen, wenigstens bis zum Supermarkt und zurück.

Es hat dann noch Ärger gegeben, weil der Vater mit dem defekten Pedelec unterwegs war, erwischt wurde und 200 Euro Strafe zahlen musste. Aber meine Tochter hatte sich ab gesichert, einen Kaufvertrag mit Mängelliste hatte sie auch aufgesetzt, den Verkauf auf der Strasse vollzogen

, ohne ihre Adresse preiszugeben.

Als ich neulich um die drei Blocks der Wohnanlage gelaufen war, sah ich mein altes Pedelec ohne Akku mit anderem Sperrmüll am Straßenrand stehen. Ich fragte jemanden, der gerade wie gerufen seinen Papiermüll entsorgte, ob er wisse, von wem das Pedelec sei. „Keine Ahnung, aber ich vermute

Von der syrischen Familie, die vor vier Tagen hier ausgezogen ist. Wo die hin sind, weiß kein Mensch."

„Danke für die Info."

Der Informant nickte kurz und ging dann zurück zum Hauseingang seines Hauses zwanzig Meter weiter hinten.

Soweit zu Pedelec und Konsorten.

Kapitel 11

Es war spät im Oktober, in der Nacht sollten die Uhren zurückgestellt werden, auf Winterzeit.

Ich hatte das jetzt schon gemacht. Meine Armbanduhr, ein Noname Produkt aus dem Internet, weil der Zigaretten Laden, in dem ich jedes Jahr eine Uhr für 10 Euro gekauft hatte, nicht mehr existierte, zeigte analog 18 Uhr 15 und es war schon dunkel draußen.

ICH hasste das, lange Nächte, am Morgen lange dunkel, grauer Himmel, wenig Licht, so würde

das jetzt drei Monate gehen. Erst im Februar, wenn die Bäume noch kahl waren, würde helleres Licht durch die Wolkendecke brechen.

Die Menschen würden, abgemüht und blass zur Arbeit hetzen, griesgrämig ihren eiligen Einkauf erledigen, vorwiegend nicht mehr auf Straßen und Plätzen sein. Zu Hause, im Eigenen, wenn es auch nur gemietet war. Einige, schon lange nicht mehr alle, würden Weihnachten feiern, sehr wenige, mit Kindern meist, würden einen Weihnachtsbaum aufstellen, wenn diese dann im Januar abgeholt würden, lagen an der Sammelstelle für 56 Wohnungen keine 8 Tannenbäume, abgetakelt, leergenadelt und hässlich.

ICH hasste den Spätherbst und den Winter, war ganz und gar nicht erpicht darauf, nur noch mit Mütze und Schal und wattiertem Mantel das Haus zu verlassen, in abgekämpfte, müde und blasse Gesichter zu schauen, allein zu sitzen über meinen Rechnungen und Quittungen, ich machte dann immer stoisch meine private Buchführung, holte alles nach, behielt so die Kosten sicher im Griff, navigierte mein Schiffchen und das der Meinen durch unsichere Zeit.

Ich überlegte, das Frauencafé wieder aufleben zu lassen, privat in anderer Besetzung. Denn so könnte ich mich mit drei oder vier Frauen einmal im Monat treffen, über Reisen und gelesene Bücher

reden, zuhören, mal etwas anderes sehen außer den eigenen vier Wänden, dem Wohngebiet und dem Supermarkt. Eliza würde mitmachen, und Frau Schnerske vielleicht, Brigitte auf jeden Fall, sie reiste gern und hätte viel zu erzählen. Ich schickte an Eliza eine What's App Nachricht. Aber es hatte Zeit damit. Vielleicht kannte Eliza noch die ein oder andere patente Frau.

Dann schob ich den Gedanken erst mal beiseite und schloss meine Buchführung für heute ab. Mein Budget war ausgeglichen, ich hatte bei den Spareinlagen ein Plus von fünf Prozent erzielt, alle Rechnungen Steuern, Sparabos waren bezahlt, meine Tochter brauchte vorerst mein Geld nicht, erzielte selbst genug an Einkommen, um für sich und die Kinder zu sorgen, denn sie lebte getrennt, nicht weit von mir und ihrem Exehemann, wir alle in demselben Wohngebiet. Ohne offene Konflikte, die nämlich hätten unser friedenstiftendes System der gegenseitigen Hilfe und des offenen Ausgangs gestört. Meine Enkel besuchten kommunale Kindergarten staatliche Schule, ihnen war genug, dass Gott sie liebte, für sie war die Kirche nur ein lauter, unfriedlicher Ort, wo sich einmal im Jahr, jetzt bald wieder in ein paar Tagen, beim Martin's Umzug die Kinder in den

Bänken prügelten und niemand darauf achtete, was vorne am Altar geschah, wo hässliche, ältere Männer und Frauen zu schlechter Gitarrenklampferei altmodische Lieder krähten, die niemand kannte. Nun nach 30 Minuten war das vorbei, jedes Kind bekam einen Butterweck und einen Becher Kinderpunsch, man verließ dann wortlos die Kirche, auch grußlos. Nächstes Jahr würde das schon nicht mehr stattfinden. Die Große in der nun 8.Klasse weigerte sich schon, , der Kleine, nun in der 1.Klasse,machte den Martin's umzug Kirchen frei in seinem kommunalen Hort mit selbst gebastelter Fackel, ohne Reiter und Pferd auf dem großen Gelände zwischen zwei Kindergärten, der Grundschule und zwei Horten, ohne Pfarrerinnen und Priester, die würden dafür nicht mehr benötigt Dies war auch wichtig: Schon dieses Jahr hatten die vier Kirchengemeinden im Gesamtwohngebiet den diesjährigen Martin's umzug zwar nicht abgesagt, aber einen deutlich kleineren Rahmen angekündigt oder den Umzug zeitlich nach hinten verschoben. Nur die zwei konfessionellen Kindergärten, die es noch gab, würden ein Martinsfeuer anbieten, um das herum die kleinen Kinder mit Laternen laufen könnten, oder auch nicht. Grund waren personelle Probleme, wie es offiziell hieß.

Gemeint war, dass die eine, an MS erkrankte Pfarrerin keine 100 Meter mehr ohne Rollstuhl laufen konnte, es aber ablehnte, im Rollstuhl zu sitzen und der feiste, überdicke Pfarrer keine 200 Meter laufen konnte, ohne dass ihm die Luft wegblieb. Ich hoffte für die Kinder, dass doch etwas wie ein Martinsumzug stattfinden könnte.

Das wären traurige Fakten. Besser nichts davon zu wissen. Ich löschte diese Gedanken, stand auf, räumte die Belege und den PC Laptop vom Tisch und ging in die Küche.

Ich wollte mir nach getaner Arbeit etwas Gutes tun, holte Teller und Besteck und Käsebrett heraus und richtete eine Brotmalzeit.

Es gab drei Sorten Weichkäse und Hüttenkäse Tomaten, Salzgurken und Trauben, Vitamintrunk und das Vitalschnittbrot, das sie so liebte, aber keine Butter und keine Milch. Milch hatte ich als Kind

immer frisch abgekocht, direkt aus dem Kuhstall trinken müssen, wenn ich bei den Großeltern war und hatte mich immmer nur geekelt davor, diese klebrige, widerliche Haut auf der Milch. Schrecklich das ganze Milchgeschäft damals, schwer beladen mit kleinen, dreiviertel vollen Milchkannen war der Bollerwagen, den ich zu den Leuten dieses Dorf in der ärmsten Gegend der Pfalz ziehen musste, ich konnte die Namen kaum lesen, denn die waren von der Oma in Sütterlinschrift auf eine Liste geschrieben, gestochen scharf und reinlich, aber kaum lesbar für das mit lateinischem Alphabet geschulte Postwarkid, das ich damals war. DER Ekel vor der Milch ist mir lebenslang geblieben, auch das Dorf habe ich, so gut es ging, gemieden, war nur noch einmal, zum 90.Geburtstag der Oma dort und dann, mit Tochter zu ihrer Beerdigung. Ein schrecklicher Ort, nur Alte oder Pendler, Arbeit gab es da nicht, nur Wald und Wiesen und in kleinstem Rahmen Tourismus.

Ich erwachte aus diesen Erinnerungen.

Vor mir stand das Abendbrot am gedeckten Kneipentisch. Ich aß mit Genuss, langsam, jeden einzelnen Bissen langsam kauend. Die Hälfte der Sachen räumte ich wieder zurück in Kühlschrank und Brottopf, dann reinigte ich das Geschirr, es war zu wenig für den Geschirrspüler, den ich ohnehin nur zweimal im Monat benutzte, wenn die Kinder zum Essen dagewesen waren, sonst aber nur abstaubte und von Flecken reinigte. Dann stellte ich das Geschirr den Oberschrank und legte die Bestecke, sauber jetzt und funkelnd zurück in die Besteckschublade.

Dann löschte ich das Licht, ging ins Bad, machte mich Bett fein und legte mich im Schlafzimmer aufs

einzige, einschläfrige Bett, das ich ganz bewusst mit niemandem teilte. Ich hörte aus dem tragbaren Radio Nachrichten auf Deutschlandfunk. Das Übliche, der Ukraine Krieg, nun auch noch der Aufstand der Frauen im Iran, denen ich Glück wünschte, die üblichen Streitereien zwischen der schwarzen Partei und den anderen und den anderen Parteien in Deutschland, nichts Neues unter der Abendsonne also.

Kapitel 12

„Du musst tiefer einatmen, Hilde.", sagteTheo, als ich mit ihm nahe am Wohngebiet im Park spazieren ging.

Wir hatten uns nach einem seiner Termine bei der Fußpflege zum Cafébesuch verabredet, wollten aber erst noch mindestens eine Stunde spazieren gehen. Das hatte ihm der Hausarzt, hat ihm die Fußpflege empfohlen.

„Wir sind kaum zwanzig Minuten gelaufen und du atmest schon sehr kurz.", fuhr er fort.

„Vergiss nicht, dass ich Asthma habe, von Kind an, aber ich will es versuchen.", sagte ich.

Ich kämpfte beim Atmen, das war Tatsache. Nur beim Rauchen nicht. Aber ich rauchte ja nicht mehr….

„Schon besser.",lobte Theo

Und dann, wir waren gerade an einer Bilderbuchfamilie vorbeigegangen, Oma, Opa, Mutter, Vater, zwei Töchter und ein kleiner Sohn im Kinderwagen.

Ich mühte mich, tiefer zu atmen und es gelang, nach 200 Metern wurde mein Atem ruhiger und kräftiger, das merkte ich selbst.

„Weißt du was?, sagte Theo plötzlich, „ich hätte mich schon damals von Regina scheiden lassen sollen und dich heiraten sollen, dann wäre das mit dem Haus nicht passiert. Dein legendärer Sparsinn hätte mich gerettet."

Ich war baff. Wie kam er auf sowas, wir waren uns immer sympathisch gewesen, aber mehr war da nie, zumindest von meiner Seite, ich hatte auch damals, als Theo noch nebenan wohnte, alle Hände voll zu tun, um meinen alkoholsüchtigen

Mann im Beruf zu halten und das Geld zusammenzuhalten, das er im Rausch mit vollen Händen auszugeben beliebte. Da war keine Zeit, andere Männer groß zu beachten.

Ich räusperte mich, dann sagte ich: „Das erstaunt mich jetzt. Es ist wahr, dass ich gut sparen kann. Mein verstorbener Mann hat gesagt, er hätte mich geheiratet, da ich aus nichts etwas machen konnte. Sogar beim Kochen. Gib mir eine Zwiebel, etwas Öl und Salz eine Kartoffel, eine Scheibe altbackenes Brot und ich mache dir ein sehr schmackhaftes sättigendes Gericht daraus. Aber reicht es zum Heiraten?"

„Ach weißt du, ich habe deinen Mann immer beneidet, du hast alles gedeckt, seine Sauferei, seine Spielsucht und dafür gesorgt, dass es trotzdem weiterging. Du hast sogar teilweise seinen Job gemacht, sonst wäre er rausgeflogen lange bevor er ins Rentenalter kam.", sagte Karl.

„Woher weißt du das?", fragte ich.

„Das haben alle gewusst, ihr seid samstags und sonntags stundenlang in die Bank gegangen, du und er zusammen, da hast du seinen Job gemacht und er saß dabei und hat nur geraucht.", sagte er.

„Das ist mir jetzt peinlich.", sagte ich.

Wir schwiegen, gingen stumm weiter bis zum Ende des Parks, dann wir in die Durchgangsstrasse, folgten ihr bis zum Campus, am CAMPUS der angeblich 500 Jahre alten Universität, die aber in Wahrheit erst 75 Jahre alt war, eine Neugründung der französischen Besatzungsmacht nach Naziregimes und verlorenem Zweiten Weltkrieg. Am Friedhof vorbei, nach rechts, auf der rechten Seite, noch vor dem Westbahnhof in ein neues Hotel, wo ein Konditor neben der Rezeption ein kleines, nettes Café betrieb.

Ich versuchte, das verstummte Gespräch wieder in Gang zu bringen.

„Ich bin froh, dass ich nicht mehr in die Bank muss. Genauso bin ich froh, nicht mehr in die Uni zu müssen, mit ihren übergriffigen Kollegen und dem ganzen Dreck in den halb verfallenen, ungepflegten Häusern und den genauso wenig gepflegten, meist sehr dummen Studenten. Die Uni sieht aus wie die Bronx, sie ist die Bronx. Aber das ist zehn Jahre und länger her. Nie wieder.", sagte ich und schüttelte mich vor Ekel. Gern gearbeitet habe ich nur in der Sprachschule.

„Das war aber heftig.", sagte Theo, nachdem er zwei Kaffee Schwarz für uns bei einer sehr jungen Service Frau bestellt hatte. „Magst du Kuchen, oder heiße Waffel mit Eis und Sahne? Das hat meine Frau immer gern gegessen und sich immer ordentlich bekleckert dabei. War nicht schlimm. Wir haben gelacht.", sagte er noch.

„Genau deshalb nicht.", lachte ich.

„Also ich bestelle mir einen Browniekuchen.", sagte Theo

Ich schaute mich im Raum um. Die prekäre Topographie des Platzes in unschöner Bahnhofsumgebung hatten sie gut gelöst. Viele echte und künstliche Pflanzen im Innenraum, die Fenster zum Hinterhof verspiegelt, sodass man das dort angebaute Parkhaus nur verschwommen sah, nach vorne, nur das breite verglaste Eingangsportal, das sich auf die stark befahrene Einfallstraße vom westlichen Umland in die Innenstadt öffnete. Ich sah Kolonnen von Autos aller Sorten und Typen, viele Busse, Straßenbahn, im Minutentakt.

„Da ist ja mein Kuchen.", sagte Theo, fragte die Service Frau nach der Rechnung, bezahlte mit etwas weniger als zehn Euro, sagte noch: „Du bist eingeladen. Und denk mal über das nach, was ich vorhin

gesagt habe, du bist eine normale Frau mit Hirn. Es tut mir so gut, mit dir zu laufen und zu reden.

Wenn du willst, nenn es einen Antrag.", sprach's , griff den Brownie Kuchen, verschlang ihn aus der Hand mit drei Bissen, dann war er weg, spülte mit Kaffee nach und sah auf die Uhr.

„Du, mein Zug nach Frankfurt fährt gleich, ich muss los.", sagte er.

„Ich begleite dich noch bis zur Treppe, du nimmst doch sicher die S8. Da haben wir hier eine Treppe, direkt auf den Bahnsteig.", sagte ich.

Es war nicht weit. Nach 200 Metern blieben wir stehen.

„Danke für die schöne Stunde, aber ich muss jetzt.", sagte er und lief schnell zum Zug der schon ein gefahren war.

„Bis bald.", rief ich ihm nach.

„Hoffentlich.", rief er zurück.

Kapitel 13

Sie ging zur Bushaltestelle gegenüber, sie würde mit dem nächsten Bus den Berg hochfahren, denn der Weg zu Fuß war dort hässlich, auf dem schmalen Weg entlang der vierspurigen Ausfallstraße drängten sich nämlich Fußgänger, Fahrradfahrer und Ebiker, alle zusammengepfercht auf einem 1,50Meter breiten Weg. In der Vergangenheit war sie schon zweimal angefahren worden und war gestürzt. Die nachlässige Stadtverwaltung scherte sich kein bisschen um die Fußgänger.

Dieser Weg bergauf war ein NoGo, das war bekannt.

Der Bus kam schon, wenigstens das war geregelt, sie stieg ein, zog im Setzen die Maske aufentwertete die Sammelkarte, es war nur eine Station, aber es waren fast zwei Kilometer Strecke.

Oben angekommen stieg sie wieder aus. Es war ihr unbehaglich. Die Sache mit Karl machte ihr zu schaffen. Das Wasser musste ihm bis zum Hals stehen, wenn er ihr einen Antrag machte, nur weil sie sehr sparsam war. Langsam ging sie weiter. Niemand begegnete ihr auf dem Weg, wie leergefegt waren Straße, Wege und zuletzt der Park. Den mied sie nun und ging die Parallelstraße außen herum.

Da sah sie vorne die bekannte Silhouette von Eliza. Sie winkte Eliza und Eliza winkte lange zurück .Wir gingen aufeinander zu. Blieben beieinander stehen.

„Wieder allein? Vorhin habe ich dich mit Theo gesehen, ihr wart unterwegs Richtung Campus.", sagte Eliza

„Hör mir bloß auf, wir waren im Café im neuen Hotel am Bahnhof, er hat mir einen Antrag gemacht, weil ich so sparsam bin. Eine Unverschämtheit, wenn ich es genau bedenke.", sagte ich.

„Ja, der ist in Insolvenz und geschieden.", sagte sie.

„Na bestens, jeder weiß das, nur ich….. ", sagte ich böse.

„Jetzt beruhigt dich mal, es ist ja nichts passiert. Du musst dich ja nicht mit ihm treffen.", sagte Eliza

„Ich treffe mich lieber mit dir und ein paar anderen Frauen, wir können zusammen ins Kino und ins Musical oder Theater gehen, gelegentlich auch Literatur lesen, was hältst du davon.?", fragte ich.

„Klingt gut, wer wäre das denn im Einzelnen?"

„Du, Brigitte vom Hotel und ich erstmal. Weißt du noch jemanden?", fragte ich.

„Da kämen mir noch Hanne und Maja in den Sinn, die eine schreibt sogar selbst. Aber lass uns das langsam angehen, nichts übers Knie brechen.", sagte Eliza.

„Einverstanden.", sagte ich.

Eliza ging in der mir entgegengesetzten Richtung weiter. Ich blieb kurz stehen, schwenkte noch rüber zum Supermarkt, kaufte kurz etwas Obst ein, sie hatten die Steige Mandarinen für unter 5 Euro, trug die Steige nach Hause, stellte sie auf den Kneipentisch im Wohnzimmer und freute mich an dem frischen Duft.

„Endlich zu Hause.", sagte ich laut.

Dann zog ich Brille, Handtasche und Schuhe aus, wusch mir Hände und Gesicht, warf die Maske, da schon dreimal benutzt in den Müll, nachdem ich sie in einen Plastikbeutel gesteckt und diesen zugeklebt hatte, ging ins Schlafzimmer und schaltete das Radio ein. Es kamen die Abendnachrichten.

Die Protestanten hatten sich in Wittenberg getroffen und gemeinsam für den Frieden im Ukraine Krieg gebetet. Den Rest der Nachrichten überhörte ich.

Das war der einzig vernünftige Ansatz zu diesem Kriegsgeschehen, das auf beiden Seiten nur Zerstörung und Tote, elternlose Kinder und zerstörte Familien bedeutete.

„Respekt!", sagte ich laut.

Aber es waren wohl nur einige Tausend, die da gekommen waren und gebetet hatten. Die große Mehrheit der Deutschen scherte sich nicht darum.

Kapitel 14

Sie war auf dem Markt gewesen, hatte Schalotten, Kartoffeln, Knoblauch, Zwiebeln,

Karotten, Sellerie und beim Hühnermetzger Schmidt ein Maishühnchen gekauft.

Sie wollte kochen. Das war die beste Methode, im Kopf wieder Ordnung zu machen nach der enttäuschenden Erfahrung mit Karl. Der hatte noch zweimal an der Wohnungstür geklingelt, hatte dreimal angerufen, aber um als Sparfüchsin in sein selbstverschuldetes Chaos Ordnung zu bringen, was er dann Liebe nannte, war sie sich zu schade.

Sie brachte die eingekauft en Sachen in die Küche. Dann heizte sie den Backofen schon mal auf 160Grad vor, packte das Hühnchen aus, wusch es heiss ab, tupfte es ab würzte es mit Salz und Pfeffer, legte es in den Bräter auf die sehr heiße Herdplatte, breit es von allen Seiten an, und stellte den verschlossenen Bräter in den hochgeheizten Herd, dann schält sie die Kartoffeln, Zwiebeln, Knoblauch Karotten, Schalotten wusch sie unter laufendem Wasser nahm je zwei Kartoffeln, Zwiebeln Karotten, dann noch Sellerie, den sie e enfalls wusch und s hnitt sie in s hmale Streifen

Dann goss sie etwas Olivenöl in eine Pfanne, erhitzte es, gab die Zwiebel Stücke, danach die Karotten und Kartoffeln, danach den Sellerie dazu und briet das Zganze ordentlich durch, zum Schluss kam noch etwas Schalotte dazu, danach löschte sie mit hellem Traubensaft und etwas Essig ab, fúgte noch Sojasauce und Honig hinzu und liess das Gemüsim Saft köcheln.

Nun war es Zeit, sich wieder dem Maishühnchen zuzuwenden, sie strich es mit Öl ein

und stellte nun den Bräter auf mittlerer Hitze zurück auf das Kochfeld. Sie stach kurz ein, es war gar, musste nur noch außen knusprig werden. Sie strich es ringsum mit einer Mischung aus Öl, Sojasauce und Honig ei

briet es bei hoher Hitze ringsum braun. Dann nahm sie das warme Gemüse und richtete es in einer

hohen Auflaufform, die sich verschließen LIEß, an, legte das fertige Maishühnchen darauf, verschlossen die Auflaufform, n"ahm ihr Handy und schrieb auf What's App eine Nachricht

„Hab Maishühnchen süss sauer mit Gemüse gekocht. Bringe das Essen in 20 Minuten vorbei.

Deck schon mal den Tisch."

Zurück kam ein Daumen nach oben und die Nachricht:

„Danke Mama, ich mach noch ein paar Kroketten im Ofen. Dann passt es."

Diese Antwort kam von ihrer Tochter

Nun packte sie die verschlossene Auflaufform in eine Wärmetasche zum Umhängen

Zog sie über die Schultern, nahm noch Handtasche, Schlüssel und Brille, ging ins Schlafzimmer

Wo ihr Fahrrad sicher stand, schob das Fahrrad aus der Wohnung heraus, durch den Hausflur, über den Weg zur Strasse, schaute rechts und links nach Autos und fuhr los. Es war nicht weit und meist auf Fahrrad wegen, wenig auf der

Straße, an drei Ampeln vorbei, schon war sie vor dem Genossenschaftshaus ihrer Tochter. Sie klingelte im zweiten Stock, zog die Haustür auf und stieg fünf Treppen hoch, seit sie nicht mehr rauchte schnell und fast ohne Mühe.

Sie klingelte an der Wohnungstür, die Kinder saßen schon am Tisch, sie überreichte die volle Auflaufform ihrer zufriedenen Tochter, die ins große Wohnzimmer an den runden Tisch ging, den man von der Wohnungstür sehen konnte. Die Kroketten waren schon fertig, der Tisch war gedeckt. Die beiden Enkel saßen schon und grüßten: „Hallo Oma. Schön, dass du wieder mal gekocht hast.", sagten sie unisono.

Sie selbst ging erstmal ins Bad und wusch sich Gesicht und Hände, stellte ihre Schuhe, die Wärmetasche und die Handtasche im Flur ab und ging nun auch an den Tisch. .

„Was war los?", fragte ihre Tochter. „So gut kochst du nur, wenn man dir weh getan hat oder dich verärgert hat.", sagte sie noch.

„Lass mal gut sein, ich will gar nicht daran denken, lässt es euch schmecken. Und wenn du wieder Gemüsesud brauchst, sag es mir. Nachher koche ich welchen aus den Schälresten und Abfällen.", sagte ich.

Die vier Leute, sie, die Tochter die große Enkelin und der kleinere Enkel ließen es sich ordentlich schmecken. Fast vergessen war die Kränkung durch Theo, ganz vergessen war der Müll mit den verschwundenen Kreuzen und der abzureißenden Kirche im überalterten, abgeschabten

Wohngebiet, hirnlos hingebaut als seelenlose Vorstadt in den 1960er Jahren. Daran änderte auch die Kirche nichts, es fror einen, wenn man darin saß und den abstrakten, spitzmündigen Corpus hoch oben in Schmerzensverrenkung sah, fremd war das und Kindern nicht vernünftig kommuniziert. Sie war vor fast vierzig Jahren mit ihrer damals kleinen Tochter da gewesen.

Ihre Tochter hatte sich gefürchtet, weil einige hässliche, tiefschwarz gekleidete, dicke Männer hektisch und mit finsteren Blicken im Altar Raum herumschwebten. Das war nicht ihres und nicht das ihrer Tochter, damals schon. Die Enkel waren nicht getauft und besuchten auch keinen Religionsunterricht.

Sie liebten aber Gott, unverfälscht.

Vergessen war das alles Es zählte nur jetzt die Familie. Das war gut so.

Kapitel 15

Ich war gerade nach draußen gegangen, hatte das Fahrrad aufgeschlossen, war losgefahren, auf dem Fahrrad weg bis vor zur Kreuzung, dann nach rechts, auf den nächsten Fahrrad weg, vor bis zur dritten Ampel, danach nur noch eine Kurve und gerade aus auf der Anliegerstraße, vorne sah ich die Blöcke der Wohnanlage schon, einer Stiftung, ich war da, stieg ab, schob mein Fahrrad Richtung Haustür, da stand Frau Schnerske vor mir.

„Gut, dess isch Sie treff.

Isch habb e besonneres Anliesche, wo nur Sie mir helfe könne. Isch will nemlisch endlich aus de Kersch ausrede unn weiss nit, was mer da mache muss.", sagte sie im regionalen Idiom.

„Haben Sie sich das auch gut überlegt, in Ihrem Alter.", fragte ich.

„Des is ka Fraach vum Alder, isch will nimmer, all die Lüüsche

Unn des Brimborium, am Schluss vergewaltische se Kinner un Frauen unn schäme sich nit emmol. Dadefür is mer moi Geld ze schaad.", sagte sie entschieden.

„Dann kommen Sie halt mit rein.", ich sagte das halb unwillig, denn eigentlich wollte ich mit dem ganzen Kirchen Kram, seien es nun Glaubenssätze, Skandale, Kirchenabrisse und auch Austritt nichts mehr zu tun haben, das alles war mir zu klebrig, zu schmierig und zu schlecht.

Laut sagte ich: „Ich weiß gar nicht, wie das bei mir damals war, ich bin wohl zum Standesamt mit Ausweis und Geld. Schauen wir mal nach in den Unterlagen."

„Danke,wann isch Sie nitt hett.", sagte Frau Schnerske.

Inzwischen hatte ich das Fahrrad zurück ins Schlafzimmer geschoben, Frau Schnerske an den Schreibtisch im Arbeitszimmer platziert, war an den Aktenschrank gegangen und hatte den Ordner Steuern Privat herausgeholt. Da war, auf den hinteren Seiten, ganz unscheinbar auf einem inzwischen vergilbten Blatt des Standesamts, datiert auf den 05.10.20...,also vor 18 Jahren,

dass ich mich mit Personalausweis ausgewiesen hatte und den Austritt aus der Evangelischen Kirche, einer Körperschaft des öffentlichen Rechts erklärt und die entsprechende Gebühr bezahlt hatte.

Dieses Dokument zeigte ich Frau Schnerske und sagte.

„Also, die müssen zum Standesamt mit Pass oder Perso und etwa 30 Euro bar und dann zur Sachbearbeiterin für Kirchenaustritte, das war es schon. Man wird Ihnen irgendetwas über Weltanschauungsgemeinschaften erzählen.

Sie müssen eigentlich nur sagen, dass sie aus der Kirche austreten möchten, und welche Kirche das ist.

„Isch bin altkatholisch.", sagte Frau Schnerske. „Aber seit der Hochzeit vor 60 Jahren war ich nie wieder dort.", sagte sie auf einmal auf Hochdeutsch.

„Sie können ja Hochdeutsch.", sagte ich.

„Bezahlen Sie denn Kirchensteuer?", fragte ich.

„Nein, aber Jahresbeitrag.", sagte Frau Schnerske.

„Also mit den Altkatholiken kenne ich mich nicht aus. Vielleicht genügt es, wenn Sie den Dauerauftrag bei der Bank kündigen und schriftlich, per Einschreiben Ihren Austritt erklären.

Ich schau mal im Internet nach.", sagte ich

Unter Altkatholisch und Kirchensteuer war nicht viel zu finden. Auch wurde gesagt, dass es im Bundesland nur sieben Gemeinden gab. Die Internetseite altkatholisch.de funktionierte nicht

„Wie machen Sie es denn bei der Steuererklärung, geben Sie da altkatholisch an?", fragte ich.

„Nein, da schreibe ich ein VD.", sagte Frau Schnerske immer noch in Hochdeutsch und zwar wirklich Akzent frei…

„Dann sind Sie doch schon aus der Kirche ausgetreten.", sagte ich.

„Des könnt soi, a ber isch wüsst nit wann, jedenfalls buche se mer jed Jahr 360 Euro Spende ab. Gerade jetzz Widder, des iss mer ze vill…", sagte sie und war wieder in ihren Dialekt gefallen.

„Dann rufen wir jetzt bei Ihrer Bank an und rufen das Geld zurück."

„Sie sind doch auch bei der Sparda?", fragte ich.

Es war eine Sache von etwas mehr als zehn Minuten, unter Geheimhaltungsaspekten mit Legitimation das eingezogeneGeld zurückzurufen.

Es war laut Aussage der Bankmitarbeiterin schon wieder gutgeschrieben.

Irgendwie erfüllte mich das mit Genugtuung.

Ich ging an den Privatschrank im Arbeitszimmer, holte zwei frische Likörgläschen heraus und die Flasche Nusslikör, die mir meine Tochter jedes Jahr zum Geburtstag schenkte, die war noch zu zwei Dritteln voll. Ich schenkte ein, bot Frau Schnerske ein Glas an, wir tranken.

„DAS haben wir uns jetzt verdient.", sagte ich und trug die benutzten Gläschen in die Küche.

„Jetzt haben Sie ein Jahr Ruhe.", sagte ich und führte Frau Schnerske zur Tür.

Diese steckte mir einen kleinen Geldschein zu und sagte:

„Gut, dess isch Sie habb, nit auszudenken, wenn isch Sie nit hätt.", sagte sie und ging.

Ich kehrte ins Arbeitszimmer zurück, stellte den Nusslikör in den Privatschrank und den Steuerordner in den Aktenschrank, lüftete kurz , sodass der Geruch nach Schweiß, den Frau Schnerske verströmt hatte, verschwand. Dann ging ich in die Küche und spülte die Gläschen heiß ab, trocknete sie und stellte sie zurück in den Privatschrank im Arbeitszimmer.

„Uff.", entfuhr es mir.

.

.

Kapitel 16

In den Nachrichten spricht eine junge Reporterin über den Besuch unseres Kanzlers mit kleiner Industriedelegation in China bei Xi Jin Ping. If

Warnungen dazu gibt es viele, man solle sich nicht wieder abhängig machen von einer nuklearen Großmacht. Man solle diese schwierige Beziehung zu China nicht intensivieren. Man solle…

Ich höre nicht mehr hin. Wieder so eine selbsternannte Expertin, wie man jetzt viele zu jedem Thema reden hört, die nicht einmal Mandarin lesen, sprechen und schreiben kann und ihre Kenntnisse von

Agenturen bezieht, deren Informanten auch nichts mit der chinesischen Sprache und Kultur, Geschichte und Struktur am Hut haben.

Mein Land und ganz Europa sind Zwerge gegenüber China, sie teilen nur ein paar Interessen vorwiegend wirtschaftlicher Art.

Ich denke daran, wie ich vor Jahren Chinesisch gelernt habe, Schriftzeichen für Schriftzeichen, Ausspracheton für Ausspracheton, Jahre hat es gedauert, bis ich schlichte Nachrichtentexte fehlerfrei lesen konnte, aber es hat sich gelohnt. Eine ganze, neue Welt hat sich aufgetan. Wie sie zu bewerten war, musste offen bleiben. Dass ich dorthin fuhr, verbot sich wegen der schlechten Luft dort, von selbst, ich hätte dort keine 100 Meter laufen können,hätte einen Rollstuhl benutzen müssen, um vorwärts zu kommen. Einstweilen las ich ein Buch der Sagen. GUAN YU, in einer zweisprachigen Ausgabe, die ich für verhältnismäßig wenig Geld aus dem Nachlass der

Professorin Dr.phil. W. erworben hatte, online über einen Second Hand Buchhandel. Ich gehe zum Bücherschrank im Arbeitszimmer und streichele den schmalen Buchrücken des Bändchen, es steht gleich rechts, mittig, neben der Kopie einer chinesischen Vase. Aber lesen darin mag ich jetzt nicht. Es ist nur so, dass ich keine Furcht vor China habe. Ich spreche die Sprache. Sollte China nach Europa greifen, was ich nicht glaube, weil es sich selbst genügt, könnte ich mich mit den neuen Herren verständigen, meine Familie und mich schützen.

Unter diesen Vorstellungen gehe ich durch Flur und Wohnzimmer bis zur Terrasse.

Es liegt Laub dort, aber nur wenig. Es lohnt nicht, dieses wenige Laub aufzufegen, in einer Tüte zu verstauen und dann in den Biomüll zu schütten. Nach einer halben Stunde liegen wieder sieben bis acht Blätter dort. Ich beschließe diese Laubblätter dekorativ auf dem Kneipentisch zu drapieren und ein Foto zu machen. Das Foto will ich an die paar What's App Kontakte schicken, die ich habe. Gesagt getan, das Foto, das vorwiegend rotbraun Ahornblätter zeigt, geht mit der Zeile „Herbstgruß für Dich" an Eliza, Brigitte, meine Tochter, meine große Enkelin, drei andere aus der Familie, außerdem noch an Sabette, Karla, Ulli, Thomas, nicht Theo, und noch etwa zehn andere, die aufzuzählen sich jetzt nicht anbietet.

Mal abwarten, ob eine Antwort kommt.

Bis dahin will ich mal wieder auf mein altes Facebook Account gehen, das ich zuletzt vor acht Wochen besucht habe.

Es ist Chaos dort. Zwanzig Nachrichten, drei Freundschaftsanfragen zwielichtiger Leute, die ich ablehne, viele Fotos, Videos, auch politischer Regionalgrößen, die ich mir nicht ansehe. Seit ich die Lokalzeitung in einem Billigtarif abonniert habe, brauche ich das nicht mehr. Ich klicke es weg.

Ich habe auf meinem Facebook Account keinerlei Informationen über mich hinterlegt, keinen einzigen echten Freund gelistet und gar nichts eingestellt. Es dient mir als Kontakt Mittel zur Lokalpolitik, zu

Nachrichten Kanälen und einigen Museen. Das lese ich gerne, auch über die Chagallausstellung in der Schirn. Ob ich dahin gehen werde, weiß ich noch nicht. Jedenfalls werde ich Eliza und Brigitte fragen, ob sie mitgehen würden, und wenn ja, wann.

Einstweilen ist es Zeit, schlafen zu gehen. Nach Abendhygiene gehe ich zu Bett und schlafe zügig ein, ich träume von meiner Schwägerin, aber nur kurz und rätselhaft, sie sitzt auf einem Kutschwagen, winkt unter Tränen und verschwindet in der Nacht. Dann träume ich noch von der Viertelstratsche, die fast jeden Tag mit wechselnden Gesprächspartnerinnen im Wohngebiet auf einem Trottoir steht und die Tratschneuigkeiten durchhechelt. Sie ist die geschiedene Frau eines Religionslehrers, der auch Latein unterrichtet hat und den ich seit mehr als zehn Jahren nicht mehr gesehen habe. Mich hat sie im Traum auch am Wickel und will mich ausforschen, aber ich behaupte, einen Termin und folglich keine Zeit zu haben, sage nichts und gehe weg. Ich wache kurz auf, lege meine Decken zurecht und schlafe sofort weiter.

Kapitel 17

Mein Plan, ein Frauencafé zu gründen mit vier bis fünf
Frauen, nimmt Gestalt an. In einer ersten Annäherung habe
ich schön gestaltete Einladungen verschickt, an Brigitte und
Eliza und Hanne und Maja verschickt

Der Einladung auf Büttenpapier war ein Programmblatt
beigefügt mit ersten gemeinsamen

Unternehmungen und ein Foto des Treffpunkts.

Es war das Hotel von Brigitte, unten am Fluss in einem
ebenerdigen Raum hinter der Rezeption, wo ja T saß, der mit
der hohen Stromnachzahlung. Den hatte ich ganz vergessen.
Besser war es allemal. Ich rief ihn an und sprach auf seine
Mailbox, das er sich bitte einen Termin bei der
Energieberatung geben lassen sollte. Ich hätte auch nicht die
große Ahnung ich hätte nur einen sehr sparsamen Lebensstil.
Ich atmete prustend aus. Hoffentlich hörte ich so bald nichts
mehr von ihm. Er war nur chaotisch und lästig...

Ich hatte das Material in edle Büttenumschläge gepackt, in
Schön Schrift die Adressen aufgetragen, die Umschläge mit
besonders schönen Blumenbriefmarken frankiert, die ich für
besondere Gelegenheiten vorhielt, und 500 Schritte entfernt
zum gelben Postbriefkasten gebracht.

Drei Tage später bekam ich per Email Bescheid. Eliza und
Brigitte und Hanne wollten es mal versuchen, Maja sagte ab,

als alleinerziehende Mutter von zwei schwierigen Kindern hätte sie dafür keine Zeit, schrieb sie.

Ich kontaktierte die drei:

„Liebe Ladies,", schrieb ich,

„ich bedanke mich sehr für eure Zusagen. Thema der ersten Sitzung des Frauencafés2. 0 ist

Offenes Lesen, jede bringt ihr Lieblingsbuch mit und wir lesen uns gegenseitig vor, loten aus, was wir miteinander anfangen wollen und was nicht, danach gibt es einen Rundgang durch die Stadt auf den Spuren schreibender Frauen und zum Schluss, zurück im Hotel, Sandwiches mit Kaffee.

Datum: 15. 11.20....15Uhr. CT

Liebe Grüße

Eure Hilde"

Ich klickte auf den Flieger, die Einladung war verschickt, noch fünf Tage Zeit bis dahin.

Große Sorgen, dass es schief gehen könnte, machte ich mir nicht, zumal sowohl Eliza als auch Brigitte,Gästinnen in einem Frauencafé, geleitet von der schmierigen Speziellen einer verdrucksten Pfarrerin, gewesen wären. . Das lag Jahrzehnte zurück. Später hatten sie mich überredet, auch hinzukommen. Dieses erste Frauencafé gab es nicht mehr. Die Pfarrerin von damals war versetzt worden und inzwischen wohl berentet, die schmierige Spezielle von damals war mit ihrem Mann, aber ohne dessen schon erwachsene Kinder dreißig Kilometer weiter in eine Kleinstadt gezogen, sie arbeitete nun stundenweise als Gemüseverkäuferin auf

Märkten in der Region und hatte für Frauenfrühstücke mit
Sicherheit keinen Gedanken mehr übrig… Ich dachte mit
Schaudern

an die stets schmutzige Butterdose dieser Frau. Igitt.

Es war gut, dass das schon mehr als zwanzig Jahre zurücklag.
Alle die ich von damals kannte, hatten sich jedenfalls damals
nicht an den klar fundamentalistischen Haken nehmen lassen,
waren auch der langweiligen Texte müde, die es dort zu lesen
gab, entweder Adaptationen von Tolkiens Herr der Ringe, die
die christliche Symbolik des Werks noch übersteigerten oder
langweilige Krimis, bei denen immer Rabbiner oder Pastoren
die Ermittler waren. Das alles roch irgendwie nach frommer
Kohlsuppe und schmeckte auch so, irgendwie wie schon mal
gegessen, wie wiedergekäut. Ich ging eines Morgens, den ich
mir dafür freigehalten hatte, einfach nicht mehr dahin und ich
vermisste es keine Sekunde lang.

Ich kenne inzwischen fast niemanden mehr, der
KirchenGruppen besucht, in meinem Wohnhaus höchstens
noch die alte Frau S. Aber die verlässt seit Jahren ihre
Wohnung nicht mehr, bekam bis vor kurzem täglich Besuch
von der Sozialstation. Diese Sozialstation firmierte unter
christlichem Label, finanzierte sich aber weitgehend aus
Zuweisungen des Staates und machte trotzdem Pleite.

Damals blieb Frau S. unversorgt und fuhr dann im Rollstuhl im
Nachthemd im Aufzug mindestens eine Stunde lang hoch
und runter, bis sich eine Nachbarin erbarmte und andere Hilfe

organisierte. Jetzt kommt ein privater Pflege Dienst pünktlich und verbindlich.

Gerade betritt polternd die Pflegedienstmitarbeiterin das Haus, geht zum Aufzug, ich sehe sie durch den Türspion und erkenne sie, es ist Oksana, eine Litauerin russischer Herkunft, die ich vor Jahren in Deutsch als Fremdsprache ausgebildet habe

,Na dann', denke ich, ,hoffentlich spricht sie besser. Deutsch als damals im Kurs'.

Ich bin dankbar, dass bei mir kein Pflegedienst vorstellig werden muss und mache mich an die Hausarbeit.

Kapitel 18

Die Nachrichten laufen wieder im Radio, während ich den
Boden fege, das nämlich macht auch sauber, man muss nicht
immer gleich saugen.In den Nachrichten wird von der
Klimakonferenz in

Ägypten berichtet, es geht um Entschädigungen für die
Länder des globalen Südens. Sie tragen die Hauptlast der
Klimaveränderungen, die sie nicht maßgeblich verursacht
haben. Während ich weiter fege, denke ich über mein eigenes
Verhalten nach, ich bin seit über 25 Jahren in keinem
Flugzeug gereist, in keinem Fernzug gefahren, war sehr selten
Mitfahrerin in einem Auto, war nie in Urlaub, habe mir
allinteressanten Ausstellungen in Paris, Amsterdam, London,
Venedig und NewYork, aber auch Frankfurt, Weimar, Berlin,
München, Speyer, Bonn, Köln, Ludwigshafen und Hamburg
immer nur online angesehen, soweit das kostenlos möglich
war. Ich habe bewusst auf Erdbeeren im Winter verzichtet,
wenn ich überhaupt welche gegessen hatte, dann in der
Saison und zwar selbst gezogene Erdbeeren in Töpfen(wegen
der Schnecken) auf meiner Terrasse. Ich heizte mit
Fernwärme, wusch

Meine Wäsche meist nur bei 30 Grad... machte sie auch bewusst nicht sehr schmutzig und bewohnte ein energietechnisch saniertes Mehrfamilienhaus. Rauchte auch nicht mehr. Aß keinerlei Fleisch privat, nur wenn ich im Restaurant eingeladen war, was seltenst geschah.

Ich hatte nun alles gefegt und in jedem Raum einen kleinen Haufen mit Kehricht und Staubflusen zu liegen. Das alles fegte ich mit Handfeger und Schaufel zusammen und warf es in den Restmüll.

Dann machte ich Schrubber, Putzwasser im Eimer bereit und spannte das Wischtuch aus Vlies über den Schrubber. Da ich vor zwei Jahren renoviert und den Teppichboden, der verdreckt war und schon roch, mit einem türkischen Handwerker gegen Geld entfernt hatte, lag jetzt pflegeleicht PVC, das ich selbst verlegt hatte, auf nacktem Estrich. Mühevoll war das gewesen und ich war dabei ans Ende meiner Kraft gekommen, aber nun konnte ich fast mühelos alles sauber wischen, ein paar Male das Wasser wechseln, nach einer Stunde war es getan. Ich hatte gerade das vom letzten Durchgang kläre Putzwasser in die Toilette gekippt, abgespült, dann die Toilette frisch geputzt und desinfiziert, danach den Putzlappen mit anderen Lappen in die Waschmaschine gelegt und das Waschprogramm mit Desinfektor gestartet.

Es war Zeit für eine Tasse Kaffee ohne Zigarette.

Meine Gedanken gingen zurück auf die Klimakonferenz. Jetzt in Kriegszeiten würde sich zeigen,

was die vorangegangenen Versprechen von Paris und Glasgow noch wert waren. Grund zur Panik—

bei mir Fehlanzeige. Deshalb hatte ich auch keinerlei Verständnis für die aggressiven Klimakleber von Last Generation. Sie gehörten verhaftet und abgeurteilt für die Verschmutzung von Kunstwerken in Europas besten Galerien. Barbaren waren das, sonst nichts. Ihr Auftreten erinnerte mich an die APO der 1968er Jahre aus der die Kriminellen der RAF hervorgegangen waren und die kriminellen Palestinians, die weltweit zu morden angefangen hatten, damals in den 1970er Jahren. Davon, auch nicht im Zeichen des Klimaschutzes, wünschte ich, und wie viele taten das nicht auch, keinerlei Wiederholung. Punkt.

Ich hatte meinen Becher Kaffee leer getrunken. Das war der einzige ökologische Luxus, den ich mir erlaubte. Ich kaufte keinen fairen Kaffee mehr, nicht, weil er teurer war als der reguläre Kaffee, den ich als Instant Kaffee von Spitzenmarken meist im Sonderangebot

kaufte, sondern weil mir der faire Kaffee aus Dritte oder Eine Welt Läden einfach nicht schmeckte und seltsam roch, mitunter war ich da auch schon an Packungen mit verschimmeltem Inhalt geraten…. Das kann ich vor einem Notar bezeugen, wenn es Not tut.

Das Handy klingelte, es war meine Tochter.

„Ja meine Liebe, was gibt es denn?", fragte ich.

„Mama, ich hab eben den Sommerurlaub für die Kinder gebucht und mich und schon 150 Euro an gezahlt.", sagte sie.

„Ja gut, wo geht es denn hin? Und wieviel kostet es?", fragte ich.

„Nach Italien, Ferrara, ein Dorf mit lauter Tiny Houses, acht Tage oder optional 14 Tage. Wir fahren mit dem Zug, über Nacht, auf Rabatt. Die Tickets hab ich schon, Frankfurt bis Mailand, dann 5 Stunden Zeit, wo wir uns Mailand anschauen und dann weiter bis Ferrara, da werden wir abgeholt. Gepäck brauchen wir nicht viel.", sagte sie.

„Das hört sich gut an, und du hast weniger Stress, musst nicht fahren. Wie viel kostet denn der Urlaub und wieviel kann ich beisteuern?", fragte ich.

„Die Gesamtkosten weiß ich nicht, weil wir ja am Ort noch Geld ausgeben, aber bis Juni nächstes Jahr muss ich 1800 Euro überwiesen haben, nein, nur 1250 Euro. Darin enthalten sind schon 30 Prozent Frühbucherrabatt. B. hat gesagt, er gibt 600 Euro dazu.", sagte meine Tochter.

B. war der Ehemann meiner Tochter, von dem sie getrennt lebte

„Dann steuere ich 450 Euro bei plus 50 Euro Taschengeld für jeden von euch drei. Soll ich

wieder den Kater versorgen und wann soll ich überweisen?", fragte ich.

„Danke Mama, aber das hat Zeit bis nach Weihnachten. Gut, dass du dich um den Kater kümmern willst. Er hat ja auch richtig Vertrauen zu dir und du machst das immer ordentlich bis jetzt.", sagte sie.

„Dann mach es mal gut. Hab dich lieb. Gruß an die Kinder.", sagte ich.

„Ich dich auch."

Dann war nur noch ein Klicken zu hören, weg war sie.

Kapitel 19

Es war spät am Nachmittag, ich habe die Zustellungen abgewartet, alles Geschenke, Bücher und Parfüm, für Weihnachten. Der Zusteller von Amazon kam dann auch. Müde und ernst übergab er

Mir die mittelgroßen Umschläge und Päckchen. Ich legte sie ungeöffnet auf der Kommode im Flur ab, in der ich Batterien, Kerzen, Reinigungs Lappen und Renovierfolien aufbewahre und die ich somit fast nie aufmache. Denn die Putztücher, die ich im Gebrauch habe sind im Unterschrank unter der Spüle, wenn sie gewaschen und trocken sind.

Der Zusteller, er kam nun schon Jahrelang immer montags, tat mir leid. Er schuftete wirklich gegen geringen Lohn, wie ich damals an Uni und Privatschule. Ich wusste, wie es einem da ging. Man überlebte gerade so, aber vom Leben der anderen, ihren Festen, ihren Sicherheiten, ihren Freuden war man ausgeschlossen, trotz Anstrengung, Fleiß und Disziplin nur ein oder eine Paria.

Dass ich es doch noch auf die vermeintlich bessere Seite geschafft hätte, war ein Wunder. Ich dankte jeden Tag dem Ewigen dafür.

Von diesen Gedanken verabschiedete ich mich nun aber, denn ich wollte doch noch ein Minimum von 3000 oder 4000 Schritten laufen, einfach so, ohne Einkaufszwang, aber mit Mütze und Loop, Handtasche, Handschuhen und Schuhen. Ich prüfte die Temperatur, es waren unter 14 Grad, also konnte ich eine Mütze vertragen. Schnell war ich aus der Wohnung draussen und auf dem Bürgersteig an der Durchgangsstrasse, die das Wohngebiet von Ost nach West mit zwei großen Kurven durchzog und in einen teureren nördlichen und einen ein wenig billigeren südlichen Bezirk teilte. Ich wohnte, aber Geborgen, warm und sauber im südlichen Teil, umgeben von Reihenhäusern im progressiven Verfall und gut erhaltenen Wohnblocks.

Ich ging mit geraden, regelmäßigen Schritten geradeaus etwa 1000 Schritte bis zur nächsten Bushaltestelle, vermied aber die Straßenseite mit der kleinen Kapelle und der Wohnstätte, die demnächst abgerissen werden sollte. Brüchig stand sie da, die ehemals weiße Fassade nun in schmutzigem Grau, die Holzteile der billigen Fertigbaukonstruktion, einschließlich der Fenster verquollen und faulig schwarz. Es ekelte mich, wenn ich das sah. Ich schaute nun stur geradeaus, denn ich wollte nicht nur laufen, sondern auch sehen, Leute sehen. Aber da waren wenige vor mir, deren Gesichter ich nicht sehen konnte und niemand, auf der ganzen Strecke, der mir entgegen kam. Deshalb setzte ich mich an der Bushaltestelle zwischen einen jungen Mann und nach einer Lücke ei e dicke vielleicht Sechzehnjährige. Sie rückten etwas zur Seite, um mir Platz zu machen. Angst, mich bei ihnen mit Corona anzustecken, hatte ich nicht, denn die Inzidenz war wieder niedrig, unter 300 und die beiden strotzen von jugendlicher Gesundheit. Ein Mädchen, vielleicht vierzehn Jahre alt mit hellen Haaren und sehr blassem , traurigem Gesicht stand etwas abseits und schaute herüber. Wir redeten aber nicht miteinander. Ich erwiderte ihren Blick nicht und sie drehte mir dann den Rücken zu. Eine ältere Frau, mittelgroß und mit streng zurückgekämmten Haaren ging forschen Schrittes an der Bushaltestelle vorbei, ihr Blick war selbstsicher und zugleich forschend

Auch diesen Blick erwiderte ich nicht, ich hätte nur verlieren können. Das Gesicht dieser Frau war tiefenentspannt, also arbeitete sie nicht. Ich hatte sie zuvor noch nie hier gesehen. Schon war sie in dem Dämmerlicht des beginnenden Abends verschwunden. Ich stand auf und ging weiter. Mindestens noch einmal 1000 Schritte, besser 2000 wollte ich gehen, bis es umkehren hieß. Das tat ich dann auch, ging um die drei Reihen alter Reihenhäuser dann durch die erste Straße mit den Fertighausbungalows hinunter , die Parallelstraße wieder hoch. Das Laufen machte mir dort schon einige Mühe, denn alle Bürgersteig vor den Fertighäuser waren erheblich schief und beschädigt, ich musste gehen, als wäre ein Bein deutlich kürzer, und das mindestens zwanzig Minuten lang. Es war mehr Pflicht als Vergnügen.

Ich entschied mich, wieder zurück zu gehen, inzwischen war es ganz dunkel geworden, ich kam an der nun von einer Straße Laterne beleuchteten Bushaltestelle vorbei, ließ sie aber liegen und ging die letzten 1000 Schritte, ohne jemandem zu begegnen, vermied wieder die baufällige Wohnstätte und kam so bald zu Hause an. Ich zog die Mütze und den Loop sowie den Mantel aus, legte Brille und Handschuhe säuberlich auf ihren Platz auf dem Schreibtisch, steckte den Schlüssel in die Wohnungstür und schloss von innen ab. Dann zog ich die Schuhe aus und ging ins Bad, wo ich mir Gesicht und Hände gründlich mit heißem Wasser und Seife wusch.

Ich hatte jetzt keine Lust mit jemandem zu reden, auch nicht mit der Nachbarin Frau M, die klingelte und mir ihr letzte blühende Herbst Aster, eine gelbbräunliche Blüte zeigend, überreichte. Deshalb

gab ich ihr im Gegenzug ein besonders großes Teelicht mit Verzierungen, das ich aus der einfachen Vorratskommode im Flur holte. Die Nachbarin sah die Päckchen und Umschläge mit Büchern, die ich ja zuvor hierher gelegt hatte, vor dem langen Spaziergang.

„Ist bei Ihnen schon Weihnachten?", meinte sie.

„Nee, aber das ist alles für Weihnachten. Verpackt wird später.", sagte ich.

„Naja, sie haben ja die Tochter und die Enkel.", sagte sie.

„Seien Sie mir nicht böse, aber ich habe Suppe auf dem Herd.", log ich. „Danke für die Blume."

Ich schloss jetzt einfach die Tür. Es war genug. Die Aster, die schon im Zustand des Welkens war, warf ich in den Müll.

„Geschafft.", sagte ich zu mir selbst und setzte mich im Wohnzimmer auf das Ledersofa an den runden Tisch mit Schiefer, wo große versteinerte Ammoniten sichtbar blieben.

Kapitel 20

Ich war wieder einkaufen. Das hieß 600 leichte Schritte, aber kalt war es, nur 7 Grad über Null, und viel Nebel. An der Kasse saß S, eine junge Frau von 36 Jahren. Als sie klein war, habe ich ihr gelegentlich gekocht und auf sie aufgepasst. Dann wurde es schlimmer mit ihrerer Mutter, S musste, ohne irgendetwas richtig erklärt zu bekommen, für Monate ins Kinderheim, die Mutter in eine Fachklinik. Das hat S bis heute nicht verwunden, blieb bis an der Seite ihrer Mutter, die sich wieder gefangen hat und seit Jahrzehnten stabil war und ist. Ausgeheckt hatte das Kinderheim vor dreißig Jahren die verquaste Pfarrerin, die es hier schon lange nicht mehr gab, die sich aber auch nie bei S entschuldigt hat. Diese Pfarrerin wurde unschädlich gemacht von ihrer eigenen Kirche, nachdem sie irgendwo im Umland eine ganze Gemeinde inclusive Kirchen Vorstand gecrasht hatte, sie wurde vor der Zeit in den Ruhestand versetzt.

Ich begegneteS Seither mit ausgesuchter Höflichkeit und Freundlichkeit, und sie ging und geht auch gut mit mir um.

Ich grüßte sie noch einmal herzlich, dann war ich schon wieder weg. Aber S und ich, wir wissen bescheid.....

Als ich zu Hause ankam und das Handy prüfte, das ich zuvor aus der engen Handtasche herausgezogen hatte, war da eine Nachricht meiner Tochter.

Meine Enkelin habe sich entschlossen, nicht mehr in den Gitarren Unterricht gehen zu wollen und ich bräuchte demzufolge auch kein Geld mehr für Gitarren Unterricht und Nachhilfe zu überweisen, denn auch die Nachhilfelehrerein sei schon mehr als vier Wochen lang nicht mehr im Haus gewesen, heißt es da.

‚Oha,‘, denke ich, ‚fängt da jemand an, wirklich groß zu werden und Verantwortung zu übernehmen, oder ist es das Gegenteil davon.‘

Meine Enkelin hat mir vor Tagen geschrieben, daß die Englischarbeit gut gewesen sei und hatte auch bei unserem letzten gemeinsamen Essen nach Halloween erklärt: „Die Nina ist nett, aber sie bringt mir nichts Neues bei, das ist also rausgeschmissenes Geld, Oma."

Ich beschloss, erstmal abzuwarten und postete nur ein „OK" mit Herz zurück.

Dann wartete ich die Lieferung der restlichen Weihnachtsgeschenke ab, die zügig kamen und machte mich danach wieder fertig für einen längeren Fußmarsch in die Stadt. Ich wollte nach einer neuen Brille schauen, denn meine Brille, damals teuer für über 1000 Euro, war nun schon mehr als zehn Jahre alt.

Ich hatte die Zusatzversicherung hervorgeht, direkt aus dem am Schreibtisch verwahrten Umschlag, sie war wirksam, so würde ich eine Menge Geld sparen.

Den Versicherungsschein steckte ich gefaltet ins Sicherheitsfach der Handtasche, machte mich dann stadtfein, schminke mir sogar dezent das Gesicht, zog einen besseren Mantel an und machte mich auf. Der Weg, das waren einfache Entfernung, 5000 Schritte bergab. Zurück würde ich teilweise mit dem Bus fahren, so die Abgaswolken an der Einfallstraße zur Innenstadt von Südwesten her meidend.

Ich lief also mehrere Kilometer, etwa vier, und war mehr als 40 Minuten ohne Pause unterwegs, es fiel mir erstaunlich leicht. Es gab außer Bussen und Straßenbahn, Fahrrädern unzähligen älteren Männern auf Pedelec und dem üblichen Autoverkehr nicht viel zu sehen. Vor den älteren Männern mit Pedelec hütete ich mich, denn sie beherrschten ihr Gerät meist nicht, fuhren zu schnell, bremsten zu spät und hielten sich kaum an die Regeln. Früher, vor 12 Jahren als mein Mann, ein älterer Herr mit Pedelec, noch lebte, habe ich das oft genug gesehen. In drei Jahren Pedelec Besitz war er siebenmal gestürzt mit erheblichen Verletzungen und hatte durch seine riskante Fahrerei mindestens drei Unfälle provoziert und sich dann unerkannt vom Acker gemacht, mir diese Unfälle aber später gebeichtet. Ich ging so umsichtig auf dem breiten Trottoir, dass ich im Konfliktfall ausweichen konnte, es war aber Gottseidank nicht nötig.

Bei dem Optikerladen kam ich dann zuletzt auch an.

„Erkennen Sie Zusatzversicherungen an?", fragte ich. Und: „Die Augen sind schon vermessen worden, in Magdeburg an der Uniklinik, dort arbeitet ein Schüler von mir."

Ich reichte der Optikerin, einer mittelalten, gepflegten Frau, einen Zettel, den ich seit Monaten in der Handtasche mittgeschleppt hatte und die Zusatzversicherung.

Sie sah darauf: „Aber das ist ja fünf Monate her. Da muss ich noch mal nachmessen, und ja, wir akzeptieren Zusatzversicherungen. Aber suchen sie sich erstmal ein Brillengestell aus, hier in der Mitte, die werden alle von der Krankenkasse mit gezahlt . „

Ich entschied mich, nach einigem Ausprobieren für ein Gestell mit halboffenen, randlosem Rahmen und fragte, ob das technisch darstellbar sei.

„Ja, ist nicht optimal, geht aber. Wenn Sie mit dieser Brille keine wilden Sachen machen, wie Handball oder schwere Bauarbeiten.", sagte die Optikerin. Und: „Dann gehen wir mal nach hinten zum Messen."

Der Raum war groß und mit allem ausgestattet, was auch eine ophthalmologische Praxis hatte. Buchstabiertafeln, Messbrille, dann das moderne Rodenstock Messgerät, wo man nur vor einem Bildschirm sitzen musste und digital vermessen wurde.

Ich entschied mich für letzteres, die Messung dauerte keine 10 Minuten, die Werte hatten sich nicht verschlechtert. Von meiner alten Brille hatte ich die Daten mitgebracht, das entspiegelte Kunststoffglas gab es noch, es war für die Optikerin eine Sache von Minuten, das alles zu berechnen.

„Also,".sagte sie, „wir kommen auf 450Euro, 120 bezahlt Ihre DAK, 196 bezahlt Ihre Zusatzversicherung, dann bleiben noch 134, die Sie selbst bezahlen müssen. Insgesamt sind wir, bei gleich gutem Material, halb so teuer, wie damals mit der alten Brille. Das Geld bringen Sie bitte in bar mit, wenn Sie in vier oder fünf Tagen Ihre neue Brille abholen, wir rufen Sie an, sobald sie fertig ist. Die Telefonnummer ist doch noch dieselbe?"

„Ja", sagte ich, „dann bedanke ich mich herzlich für den guten Service. Bis dahin."

„Bis bald", sagte die Optikerin und wandte sich mit einem geschäftsmäßigen Lächeln schon der nächsten Kundin zu.

Kapitel 21

Heute war 9.November.Ich gedachte der Toten des
Hitlerregimes, dachte an die Republik und an den Fall der
Mauer. Zunächst denke ich immer am 9.November an die
Reichspogromnacht. Aber ich gehe nicht mehr in die
Synagoge, wo die Offiziellen der Stadt, der modern orthodoxe
Rabbiner und die Vorsitzende der Gemeinde zum Gedenken
einladen. Früher bin ich manchmal hingegangen, wo dann
Juden und nicht bei, sondern nur neben ihnen, Nichtjuden,
wie ich, fein säuberlich auf Abstand blieben, nicht einmal
Gespräche waren möglich, weil sich jede Seite der anderen
entzog, es gab kein Miteinander nur ein beziehungsloses
Nebeneinander und dann aus dem Mund der Offiziellen die
erstarrten Formeln von Scham und Schuld, von Nie wieder
mit bedeutungsschwangeren Gesten und neuer Toleranz, die
von den Nachgeborenen wie mir

stets neu erkämpft werden musste. Das aber war tricky. Man wurde im Netz beleidigt und verhöhnt, sobald man gegen Antisemiten auftrat,

und kam im schlimmsten Fall auf eine schwarze Liste. Man konnte auch nicht sicher sein, im direkten Gespräch gegen Judenhass zu sprechen, es gab auch unter den Menschen des Wohngebiets, respektablen Leuten nach außen hin, genug Antisemiten. Verhohlen und mehr und mehr unverhohlen in den letzten Jahren.

Das hatte ich selbst erlebt und habe dann, als noch Drohungen laut wurden, Profile gelöscht, mich deutlicher Bekenntnisse zu Juden und Israel enthalten, aber heimlich die Jüdische Allgemeine gelesen und, so gut es ging, Geld gespendet.

Ich hatte kein Verlangen mehr, die ewig gleichen Formeln von Scham und Schuld zu hören, die gegenüber dem real existierenden Antisemitismus, Rassismus und Sexismus in der deutschen Nachwendegesellschaft ohne jede Konsequenz blieben. . Ich wehrte mich auch dagegen, die sehr wenigen Juden in Deutschland auf die Funktion zu reduzieren, dass sie die Integrität der Deutschen bestätigten und den Offiziellen lediglich den Rahmen bieten mussten, um sich als gute, weil

nicht antisemitische Deutsche zu erweisen. Das roch nach moralinsauer Selbstermächtigung . Und was dachte die Bevölkerung? Man ging in der Mehrheit einfach nicht zu solchen Veranstaltungen. Nichts Explizites weiter dazu, jedenfalls würden heute keine achtzig Erwachsenen aus der Zivilbevölkerung von über 210000 Bürgern einer kleinen Großstadt dorthin, zum Gedenken in der Synagoge gehen und vielleicht noch, par Ordre de Moufti, die ein oder andere

Schulklasse. Da war ich mir sicher. Ein Foto in der Lokalpresse noch am Abend des Gedenktages bestätigte meinen Verdacht, zu sehen waren vorwiegend ältere Leute mit Lehrer Touch, wohl Religionslehrer und Politiklehrer und Schulklassen der Oberstufe.

Ich würde am Abend eine Kerze anzünden und ein Vaterunser beten, das würde meine Stille im Gedenken sein. Dann würde ich den Artikel des Leitenden auf FAZ online lesen und erst dort etwas Substantielles finden, erwartete ich.

Aber um im Internet zu kämpfen, brauchte es mehr als das, mehr als nur ein Profil und guten Willen, man musste sich organisieren. Die indes, die das taten, waren genauso militant und radikal wie diejenigen, die sie bekämpften.Sie waren größten Teils Chaoten, die Sätze raushauten wie: „Wenn hier wieder die Synagogen und Moscheen brennen, gehe ich mit der Kalaschnikow in die Berge. In den Widerstand."

Mich schauerte bei solchen Gedanken. Aber nach einer aktuellen Studie der Bertelsmannstiftung galten 25 Prozent der Deutschen als gesichert antisemitisch, weitere 30 Prozent als islamophob.

„Na bestens", dachte ich leise, während ich den Spiegel im Flur fest in den Blick nahm.

Er war nicht mehr sauber, ich musste ihn ansprühen und abwischen. Im Spiegel erkannte ich mich selbst, schmal, schlank mit immer noch ungefärbten kastanienbraunen Haaren, das Gesicht wieder voller, die Zähne sauber und die Augen wieder leuchtend, aber jetzt auch ein bisschen müde.

Es klingelte, es war wieder die Nachbarin, Frau M.

Sie war erstaunlicherweise festlich gekleidet, mit schwarzem Mantel und Hut, schwarzen Stiefeln und großer schwarzer Handtasche.

„Ich möchte sie bitten, den jungen Leuten, die nachher kommen, meine Wohnung zu zeigen, hier ist der Schlüssel.", sagte sie. Und reichte mir einen Schlüsselring mit drei Schlüsseln.

„Das kommt jetzt aber plötzlich, das mache ich leider nicht.", sagte ich.

„Warum nicht? Ich kann nicht, ich muss zu einem wichtigen Termin." , sagte sie.

„Das geht mich nichts an, aber in fremde Wohnungen gehe ich nur, wenn jemand da ist. Ich habe auch meine Prinzipien, tut mir leid.", sagte ich und gab ihr den Schlüssel zurück.

„Das sind aber doch meine Nachmieter", sagte die Nachbarin.

„An ihrer Stelle würde ich den Termin verschieben. Nachmieter sind wichtige Leute, da muss man selbst da sein.", sagte ich, trat einen Schritt zurück und verschloss leise die Wohnungstür.

Was die Nachbarin nun weiter tat oder nicht tat, wusste ich nicht. Ich hörte nur das Klackern ihrer Stiefelabsätze auf dem Steinboden des Hausflurs und wie dann die Haustür zufiel.

Als es jedenfalls zwei Stunden später ein paar Male bei mir und bei anderen im Haus klingelte

, fragte ich nur durch die Sprechanlage: „Sind Sie die Nachmieter von Frau M.?"

„Ja, aber Frau M ist wohl nicht da.", sagte die junge Stimme einer Frau

„Das tut mir leid für Sie. Ich werde ihr sagen, dass Sie da waren.

Sie können es aber auch beim Hausmeister versuchen, wenn er Vollmacht hat, darf er Ihnen die Wohnung zeigen.", sagte ich.

„Wo finden wir den Hausmeister?", fragte die junge Stimme.

„Im nächsten Block, Hausnummer 36,, im dritten Stock rechts, er heißt Wegner.", sagte ich.

„Danke.", sagte die Stimme.

Ich hörte über die Sprechanlage, wie sich Schritte entfernten.

‚Eine Zumutung ist das!', dachte ich.

Kapitel 22

Wenige Tage später war Martini. Früher hatte Brigitte mich jedes Jahr Zur Martinsgans ins Hotel eingeladen. Aber das war Geschichte, den die vielen Enkel und Enkelinnen aßen, wie auch meine, gar nicht gerne Gans. Und dieses Jahr kostete eine gute, heimische, hier gezogene und geschlachtete Gans mehr als 69.Euro und reichte gerade mal für vier Erwachsene, wenn sie bescheidene Esser waren. Bei Brigittes Martinifeiern waren aber immer über zwanzig Gäste gewesen. Unbezahlbar zu den heutigen Preisen.

Ich fand es nicht schade, ich hätte sowieso nichts von der Gans gegessen, nur etwas Rotkraut und vielleicht einen halben Kartoffelkloß, aber keine Sauce. Ich machte mir nichts aus toter Gans, mir gefielen die lebendigen Gänse besser, die,

die ich in Rom auf dem Kapitolinischen Hügel gesehen hatte, zum Beispiel oder die, die zu Anfang des Herbst in Formation übers Haus flogen, dem Süden entgegen, das war immer ein besonderes Beispiel. Ich dachte dabei immer an Akka von Kebnekaise, die weiße Leitgans aus Nils Holgersson, eine Geschichte, die es alle Jahre als Hörspiel irgendwo im Radio gab und die ich mir immer wieder andächtig anhören konnte über mehrere Wochen.

Mit meinen Enkeln hatte ich auch im Kino einen gelungenen Animationsfilm gesehen, aber das war eine Zeit her.

Heute war ich bei Brigitte, um über das Frauencafé zu sprechen. Ich saß im Fünften Stock des Hotels, das Brigitte gehörte, und sprach Sätze, wie:

„Du wirst sehen, die anderen werden an deinen Lippen hängen, wenn du von deinen Reisen erzählst, du kannst auch wen vom Hotel mitbringen, aber nicht T."

„Der steht sowieso auf der Abschussliste, immer unpünktlich und dann vergisst er abzuschließen. Vorgestern kam ich vom Steuerberater zurück, abends um 22 Uhr, alles hell erleuchtet, niemand an der Rezeption, alle Schlüssel frei greifbar, er war einfach gegangen, hatte einen Zettel auf den Thekentisch geklebt, ‚Bin gleich zurück'. Gleich war dann 9 Stunden später.Ich bin es satt mit ihm.", sagte Brigitte.

„Gott sei Dank ist nichts passiert, mich nervt er auch andauernd mit Energiespartipps, die ich ihm geben soll. Und dann kommt er nicht zu den Treffen. Er hat mich schon zweimal versetzt.", sagte ich.

„Er macht auf die Mitleidstour, ist die erste Zeit auch anstellig, aber dann macht er, was er will

Kein Verlass. Ich werde ihn noch vor Weihnachten entlassen, hab schon einen jungen Pädagogikstudenten als Ersatz, der kommt nächste Woche zum Einarbeiten.", sagte Brigitte.

„Also kommst du in ein in ein paar

Tagen zum Frauencafé, ich würde mich freuen.", sagte ich.

„Unbedingt", sagte Brigitte, „ich muss ja nur mit dem Aufzug ein paar Etagen nach unten fahren.

Wie machen wir es mit dem Essen, die Sandwiches machst du, die Getränke stelle ich gegen Bezahlung.", sagte Brigitte

„Dann ist ja alles geregelt.", sagte ich und stand auf. Mit einem „Tschüss, Brigitte", ging ich zur Garderobe im Flur der Wohnung, zog Mantel und Mütze an, ging zurück zu Brigittes kleinem Boudoir und winkte ihr noch, „Wir sehen uns hier am 15.des Monats.Ciao.", sagte ich und ging dann endgültig.

Im Aufzug nach unten traf ich T, er hatte die Haare lila gefärbt. Ich blickte unter mich und sprach kein Wort mit ihm, vermied es auch ihn in dem engen Aufzug zu berühren.

‚Ja keinen Anknüpfungspunkt geben.', dachte ich.

Schon war ich draußen auf der Straße. Das alte Hotel von Brigitte war ein Hingucker, in der Gründerzeit gebaut, nach dem Weltkrieg wiederaufgebaut, im Jahr 2010 kernsaniert. Es hob

sich wohltuend von dem Einerlei der modernen Bauten unten am Fluss ab, die man schnell und eilig errichtet hatte, um Wohnmietern, Ladenmietern und einigen Instituten und

Behörden Raum zu bieten, viel Glas und Stahl, aber eigentlich charakterlos. Das Hotel von Brigitte war urige, erprobte Architektur mit der Patina von 150 Jahren Geschichte…

Ich ging weiter, quer über den Parkplatz der Behörde, hin zum Markt, an drei Kirchen vorbei, die offensichtlich n I c h t abgerissen werden sollten, denn sie waren mit Kirchen Fahnen geschmückt.

Das Leben pulsierte in den Straßen. Ich war froh hier zu laufen, mitten unter fleißigen, geschäftigen Menschen, mitten in einem vielfach produktiven Alltag. In den nächsten Bus, der vorm Theater hielt, stieg ich ein und fuhr mit mehreren Zwischenstopps bei der Bank und In einem mal anderen Supermarkt, nach Hause.

Kapitel 23

Es war Zeit die Thermotasche mit den Sandwiches zu richten

.Am Morgen hatte ich aus Baguettebroten, Mandelpaste,
Frischkäse, geschnittenen Oliven und Tomaten, sowie auch
einigen Scheiben Salatblättern und Käseaufschnitt zehn
mittelgroße Sandwiches gemacht, auf eine Tortenplatte
gestapelt und diese abgedeckt Platte in den Kühlschrank
gestellt. Nun nahm ich die Platte hervor, wickelte die
Sandwiches in Folie und verstaute sie nacheinander in der
gekühlten Thermotasche, dazu gab sie noch zwei Flaschen
RIESLING von Kloster Eberbach und 5 Einmalweingläser aus
Maisstärke, die sie im Ökoladen gefunden hatte. Abbaubar im
Biomüll.

Dann zog ich den besseren Mantel mit Kapuze an, verzichtete
auf die Mütze, putze noch einmal meine Brille, zog die
besseren Schuhe an, die auf die Flanellhose und die Bluse und
den gestreiften Blazer abgestimmt waren und machte mich
nach Haarekämmen eilig auf den Weg: Heute sollte um 15 das
erste Mal das Frauencafé starten, in Brigittes Hotel und ich
war jetzt sehr angespannt. Noch ein Blick in den Spiegel, alles
in Ordnung, ich verschloss die Wohnungstür, ging schnell die

600 Schritte zur Bushaltestelle, holte Fahrschein und Maske hervor, schaute nach der Fahrtenanzeige auf der anderen Straßenseite, noch 2 Minuten, stand da. Da kam der Bus schon mit Brummen und Spotzen. Niemand stieg aus, aber drei Leute, die ich nicht kannte, stiegen mit mir ein. ICH stempelte meinen Fahrschein und suchte mir auf Abstand einen Sitzplatz, es war Randzeit, so etwa 14 Uhr 15,da war das leicht machbar. Mit mir fuhren vorne: die Blinde, wie gewohnt auf dem Platz hinter dem Fahrer, rechts eine Quasselstrippe von vielleicht 70 Jahren, die der Frau vor ihr erklären wollte, wie man richtig Christstollen backt. „Ja, den Striezel muss man früh backen, damit er weich wird, am besten drei, vier Wochen im Kasten lagern mit Apfel. Aus dem Backofen kommt der Striezel nämlich knochenhart.", sagte sie mehrmals.

Niemand im Bus wollte das hören. Da war ich mir sicher. Den Leuten stand einfach nicht der Sinn nach Weihnachten. Heute früh im Supermarkt war ich auch die Einzige am Lebkuchenregal, niemand sonst kaufte davon was. Eliza, die ich dort traf und kurz sprach, sagte: „Ich freu mich wie Bolle auf das Frauencafé heute, aber ich komme 20 Minuten später, hab noch Leitungscrewbesprechung vorher. Bis dahin habe ich dann meine 8 Stunden runtergearbeitet ab 7 Uhr morgens."

„Gut zu wissen, bis nachher.", sagte ich.

Bald war ich am Fluss, die Quasselstrippe mit ihrem Striezelgerede war schon ausgestiegen, schimpfend . An der Haltestelle nahe dem Hotel von Brigitte stieg ich aus und ging die letzten Meter bis zum Hotel zu Fuß, es war wirklich nicht weit.

An der Rezeption saß- nicht mehr T. Brigitte hatte wohl kurzen Prozess gemacht und T fristlos gekündigt. Es saß dort, mit einem dicken Lehrbuch der Sprachheilkunde vor sich, eine junge muskulöse, rothaarige Frau.

„Guten Tag, ist Frau Behrens da. Ich bin Hilde Sonneberg, ich komme zum Frauencafé.", fragte ich.

Noch bevor die junge Frau antworten konnte, stand Brigitte neben ihr.

„Hallo Hilde", sagte sie, „ich habe dich an der Stimme erkannt. Hanne und Maja sind schon da, nur Eliza fehlt jetzt noch."

„Die kommt etwas später.", sagte ich.

Brigitte machte mit der Hand ein Zeichen, dass ich an der Rezeption vorbei auf einen Flur treten sollte, die erste linke Tür wäre richtig sagte sie noch.

Ich ging, wie sie gesagt hatte und kam in den Raum, durch das Labyrinth der Flure in diesem Hotel war Brigitte schon vor mir in den Raum gelangt, der zwei Türen und eine Fensterfront hatte, ausserdem standen dort drei große runde Tische mit Schwingstühlen, an der Wand war ein Ölschinken von Deutsch, einem regionalen Maler des 19.Jahrhunderts,es stellte einen Feldblumenstrauß dar.

Hanne und Maja winken Hallo.

Ich setzte mich an den Tisch, packte die Sandwiches aus und sagte,

„Guten Appetit, sind mit Liebe gemacht."

„Das ist ja fein. Fürs leibliche Wohl ist ja schon bestens gesorgt.", sagte Maja und lachte.

„Kaffee Schwarz für dich?", fragte Brigitte.

„Ja, bitte, Brigitte.", sagte ich

Brigitte drückte auf den Mikrofonknopf ihrer Chefsprechanlage und sagte:

„Rezeption, zwei Kaffee Schwarz, einen Kaffee mit Milch und Zucker und einen Latte Cocos."

Eine junge Stimme wiederholte die Order und dann knackte es nur noch in der Leitung. Brigitte stellte die Sprechanlage ab.

„So, liebe Hilde, was sollen wir denn lesen, worüber sollen wir sprechen und wo ist Eliza?", fragte Hanne.

„Gedichte erstmal. Ich hab Herbstgedichte mitgebracht", sagte ich und zog eine kleine DIN A 5 Mappe aus meiner Tasche.

Hier von Rilke zum Beispiel:

Herr: es ist Zeit. Der Sommer war sehr groß….", las ich vor.

„Wie toll, mein Lieblingsgedicht", sagte Maja.

„Und so beherzigenswert, besonders die dritteStrophe", sagte Brigitte.

‚Wer jetzt kein Haus hat, baut sich keines mehr….'

„Wie meinst du das?", fragte ich.

„Na denk mal an all die Unbehausten, ich sehe genug davon hier. T. gehört

jetzt auch zu ihnen, ich hab ihn vor drei Tagen rausgeworfen, kein Job, keine Wohnung.", sagte Brigitte bitter.

„So konkret hat das Rilke bestimmt nicht gemeint", sagte Maja.

„Mehr eine generelle Unbehaustheit aller Menschen, Einsamkeit auch und Kälte."

„Ja,find ich auch.", sagte Hanne.

„RILKE erinnert mich hier an Hölderlin, es ist das gleiche Lebensgefühl wie in

Hälfte des Lebens.

Weh mir, wo nehme ich...... Fahnen klirren im Wind.",sagte und zitierte ich.

„Was habt ihr für gewichtige Themen", sagte die Stimme von Eliza.

Sie stand neben mir, aber ich hatte es nicht bemerkt, sie musste wohl still in den Raum gelangt sein.

Endlich kam auch der Kaffee. Die junge muskulösen Frau von der Rezeption trug ein Tablett herein und stellte es auf den Tisch, dann bekam sie noch ein paar dienstliche Anweisungen von Brigitte, nickte, drehte sich um und verließ den Raum wieder.

„Dann essen und trinken wir erstmal, hier ist eine Spendenbox", sagte ich, „da legt jede ein, was ihr die Verpflegung wert ist, aber nicht weniger als drei Euro, sonst reicht es nicht für die Kaffe Rechnung von Brigitte.", sagte ich. Ich ließ die Spendenbox, sie war ganz kalt von der Thermotasse, Kreisen und prüfte nach der Runde, es waren mehr als 20 Euro drin, das reichte also.

Wir aßen und tranken, jede hatte etwas zum Gespräch beizutragen, Eliza sprach über das alte Frauencafé, in dem es so sturzfromm zugegangen war, Brigitte über ihren Ärger mit dem Hotel, Maja über ihre Erwachsenen Kinder, Hanne über ihren Urlaub in der Bretagne und ich über mein Klavier.

„Stellt euch vor, da steht als Einbrennung, Holflieferant Böhm. Das heisst also, dass das Klavier vor 1918 gebaut worden sein muss, denn nur bis da gab es in Berlin einen Kaiserhof. Es ist also mehr als 100 Jahre alt.", sagte ich.

„Naja", sagte Maja unvermittelt, „jedenfalls gefällt mir dieses Frauencafé besser als das alte, und das Essen ist auch um Meilen besser."

„Das stimmt", sagte Brigitte. „Deine Sandwiches sind unschlagbar. Wenn du einen Job brauchst, liebe Hilde, kannst du sofort bei mir als Kaltmamsell anfangen." Und zwinkerte mir zu.

„Kaltmamsell, was ist das?"fragte Maja.

„Das ist eine Spezialistin für kalte Küche, Salate, Canapés, Kalte Platten, Deko aus Essen.", erklärte Brigitte.

Nun wandten wir uns wieder den Gedichten zu.

Eliza zog ein Blatt aus ihrer Tasche und sagte:

„Ich hab auch ein Herbstgedicht gefunden. Es ist von Theodor Storm:

Schon ins Land der Pyramiden…", zitierte Eliza.

„Flohn die Störche übers Meer

Schwalbenflug ist längst geschieden

Auch die Lerche singt nicht mehr.",sagten Brigitte, Hanne, Maja und ich im Chor,

, denn wir alle hatten das Gedicht irgendwann mal in der Schulzeit auswendig lernen müssen.

Wir sprachen es wie ein Gebet. Besonders die letzte Zeile:

„So schätzt nun endlich das Reelle."

Wir klatschen uns ab und lachten.

Brigitte sagte: „Das ist eine Lyrik, mit der ich leben kann. Nichts vom Weltschmerz des Rilke oder des Hölderlin, zupackende Worte sind das. Beherzigenswert."

„Da sind wir beim Thema für das nächste Mal.", sagte ich, „ich möchte euch bitten, beim nächsten Treffen einfach mal zu erzählen, warum und was jede gern liest, wir machen dann eine Liste und arbeiten die nach und nach ab. Neuerscheinungen sind absolut erwünscht."

„Cool", sagte Eliza und : „Schön war's".

„Ja, finde ich auch.", sagte Hanne und Maja lächelte und nickte.

„Brigitte, wie viel bin ich dir für unseren Kaffee schuldig."

„Wenn du mir nächste Woche beim Catering für die Beraterfirma hilfst und meinen Frauen in der Küche Tipps gibst beim Dekorieren der Kalt Platten, ist es aufs Haus.

Du bekommst deine Hilfe natürlich bezahlt. Es ist nur etwa eine Stunde, wo ich dich brauche, sagen wir 30 Euro?", sagte Brigitte.

„Gebongt", sagte ich und : „Dann sparen wir das Geld in der Box an, bis genug zusammen ist, dass wir mal alle zusammen chic ausgehen können und noch was für die Kinderhilfe spenden können.", sagte ich.

„Gute Idee", sagte Eliza. Hanne und Maja nickten.

Dann stand Brigitte auf, sagte noch „Wir sehen uns, Ladies", und verließ den Raum durch die rechte Tür, die sie hinter sich mit einem Schlüssel verschloss. Uns anderen blieb die linke Tür, der Flur, die Rezeption und der Ausgang. Draußen verabschiedeten wir uns voneinander, jede ging nun ihre eigenen Wege. Fast.

„Kommt, ich nehm euch mit dem Auto mit, ich habe einen alten VW Golf, Baujahr 09,der reicht für uns fünf.", sagte Maja. „Ich fahre euch alle bis zur Bushaltestelle an der Baubank, da könnt ihr aussteigen und bequem in euer

Wohngebiet laufen, es sind ja dann nur noch ein paar Meter.", sagte sie noch.

Wir folgten ihr zum nahen Parkplatz, dort stiegen wir ins Auto, das ziemlich vollgemüllt war und nach Rauch roch. ELIZA vorne rechts, wir drei anderen hinten. MAJA fuhr gut, meisterte den Ausklingen den Berufsverkehr und erreichte bald den verabredeten Punkt. Wir stiegen aus, an meiner guten Hose klebte etwas, es war zum Glück nur Kaugummipapier, kein Kaugummi.

Maja hupte und winkte und fuhr kräftig weiter.

„Das war mal schön", sagte Hanne, „gerne bald wieder."

„Ich schreibe bald die Einladungsemail für in vier Wochen, dann ist schon fast Weihnachten. Ciao Hanne.", sagte ich.

Eliza und ich gingen nebeneinander um die nächsten Blocks, dann waren wir am Schwimmbad unserer Wohnanlage, vor uns den Spielplatz, hinter uns rechts und links die Häuser.

„Es hat mir auch gefallen, mal was anderes", sagte Eliza.

„Gut dann. Ciao Lizzy.", sagte ich und ging nach links. ELIZA ging nach rechts.

T

Kapitel 24

Ich war am nächsten Tag einkaufen gewesen, denn die vielen Sandwiches, die ich am Vortag geschmiert und reich belegt hatte, hatten auch meine Kühlschrank Vorräte stark mitgenommen. Also kaufte ich ordentlich ein, Frischkäse, Kirschtomaten, teure, eingelegte Oliven und an der Käsetheke wieder zwei Packungen Käseaufschnitt, erzeugt mit mikrobiellem Lab und noch einige Getränke, Instant Kaffee im großen Glas und eine Packung Kräutersalz, sowie verschiedene Packungen Schnitt und Maisbrot. Weil ich das gern aß und esse, war noch ein Päckchen Scheiblettenkäse und ein Glas Apfelmark dabei. Das Apfelmark hatte keinen Zucker zugesetzt und schmeckte echt, wie in der Kindheit, wenn meine Mutter aus den Äpfeln des einzigen Apfelbaum in ihrem Schrebergarten das kochte, was sie Muß nannte. Aber auch sie setzte keinen Zucker, höchstens etwas Zimt zu.

Mein Einkaufsschopper war beladen und zog sich schwer. Auf dem Rückweg löste sich im nassen Sand ein Rad, ich hielt an, zerrte den Einradshopper zu einer Bank, Schraube und Mutter hatten sich am anderen Rad gelöst. Ich setzte mich erst einmal und legte den Shopper auf den Boden vor mich, setzte Rad, Schraube und Mutter so gut es ging ein zog sie mit a gepressten Daumen und Zeigefinger so gut es ging fest,

Werkzeug hatte ich nicht dabei, nicht mal einen Engländer, der jetzt nützlich gewesen wäre.

Ich bemerkte nicht, wie T, den 8ch schon abgeschrieben hatte, plötzlich neben mich getreten sein musste.

Er tippte mich an.

„Du hier, wieso?", entfuhr es mir.

„Ich wohne jetzt hier in der Anlage, übergangsweise für sechs Monate, dann muss ich was Billigeres haben. Das Amt zahlt nur sechs Monate.", sagte er.

„Wieso wohnst du nicht mehr in der Altstadt?", fragte ich.

„Deine Freundin Brigitte hat mich rausgeschmissen, fristlos, nicht nur aus dem Job, sondern auch aus der Wohnung.", sagte T.

„Du warst also wieder mal obdachlos…..", sagte ich.

„Ja, aber ich bin gleich zum Amt, die haben mich nach vier Tagen auf der Straße hier eingewiesen, die zahlen auch die Miete von 560Euro für das Apartment. Und ich habe jetzt einen Betreuer, der kümmert sich um alles, auch um die Stromrechnung, die ich nicht bezahlen konnte.", sagte T.

„Das hört sich erstmal gut an. Und wie geht es weiter?", fragte ich.

„Ja also", sagte T, „ich höre auf mit der Kunst, keine Slams mehr, keine Raps mehr, ich fange nächste Woche beim christlichen Jugenddorf eine Ausbildung zum Altenpflegehelfer an. Der Kurs geht ein Jahr mit Prüfung, die helfen mir dort auch mit einem Zimmer mit Bad. Ich bin froh, endlich Ordnung in meinem Leben. Und das Wichtigste ist, dass ich Strom habe.", sagte er noch.

„Wieso ist das das Wichtigste.", fragte ich.

„Für mein Laptop, mein Tablet und mein Handy. Ohne das existiere ich nicht für meine Freunde.", sagte T.

„Na dann, ich brauche auch mein Handy. Damit bleibe ich einigermaßen informiert.", sagte ich.

„Ja, ohne Handy kann man sich oft keine Meinung bilden und weiß nie, was die anderen so denken.", sagte Thomas. „Und dass ich mich nicht gemeldet hatte und dich versetzt hätte, hätte auch mit dem

Strom zu tun, ich hatte keinen, war wie amputiert.", sagte er noch.

„OK, das habe ich nicht gewusst. Aber glaub bloß nicht, dass das Internet dir deine Meinung macht. Das wäre dann nach dem Motto:Ich habe keine Ahnung von nichts, aber eine Meinung zu allem. Das Internet…. Vertrauenswürdig ist es nicht.", sagte ich.

„Dann mach es mal gut", sagte T. Und machte sich auf Richtung Kirche.

„Die Kirche ist doch da vorne.", fragte er noch. „Ich soll mich da melden für das Jugenddorf."

Ich sagte ihm nichts über eine Schließung der Gemeinde und einen Abverkauf des Gebäudes, schließlich waren das nur Gerüchte und bis jetzt war die Kirchengemeinde ja noch aktiv, wie ich vor Tagen abends im Dunkeln gesehen hatte. Mindestens einhundert Kinder und Eltern waren in einem wunderschönen Laternenzug zu Martini um die Ecken gezogen. ‚Das ist bestimmt von der Kirche', dachte ich, als ich es sah.

Kapitel 25

Mein Einkaufsshopper war futsch. Das musste ich anerkennen. Ich bestellte bei Amazon einen neuen, der innerhalb fünf Tagen auch kam. Er war stabiler als der alte. Das war die Gelegenheit, mein Manuskript vom ersten Buch, das ich vor zwei Jahren geschrieben und nur online verschickt hatte an insgesamt fünf Menschen aus der Familie, endlich in den Shopper zu laden, den neuen versteht sich, damit bis vor zum großen Einkaufszentrum zu fahren und ausdrucken zu lassen in 20 Exemplaren, binden zu lassen und wieder nach Hause mitzunehmen. Es sollte, das hatte ich bereits herausgefunden, nur 75 Euro kosten als Einführungspreis. WÜRDE das heute gelingen, hätte ich mein Weihnachtsgeschenk für die Familie und ein paar Bekannte und Freunde. Einzeln verpackt, in der nahenFamilie ergänzt um das ein oder andere und Geld, sonst nur mit einer schönen Weihnachtskarte, war ich dann meiner Pflicht zum Schenken los und ledig.

So wollte ich es machen.

Allerdings: das erste Buch mit dem Titel ‚Nebensachen‘, war im Kern eine bittere Abrechnung mit den Kirchen in Deutschland, es waren Gedanken und Symbole und Bilder aus einer Phase, die mindestens fünf Jahre gedauert hatte und berechtigt war.

Ich hatte damals über Youtube Kontakt zu reformjüdischen Gemeinden in USA aufgenommen und war virtuell bei manch wirklich schönem, hervorragend gesungene Shabbatgottesdienst mit dabei gewesen und hatte Trost gefunden. Gott war da.

Aber, es war einfach nicht meine Tradition. Auch wenn ich Hebräisch gut verstand, war es nicht meine Muttersprache, auch wenn ich bestimmte Lieder liebte, waren es nicht meine Lieder. Immer wenn ich dann in der Kommentarzeile zugab, aus Deutschland zu kommen, wurde ich beim nächsten

Gottesdienst nicht mehr unbedingt gern gesehen. Es wurde auch dort ausgegrenzt. Ich ließ es dann und hörte wieder die christlichen Andachten im Radio bei Deutschlandfunk. Aber wieder einen Kirchraum ohne Unwohlsein zu betreten, das konnte ich mir auf dem Niveau des ersten Buchs nicht mehr vorstellen. Ich vermied es auch konsequent.

Heute aber dachte ich schon ein wenig anders darüber. Ergebnis offen. Aber dass ich wieder in die Kirche eintreten würde, konnte und kann ich mir nicht vorstellen. Zu viel liegt dort bis heute im Argen, vor allem die Staatskirchlichkeit, die Offiziosität mit der sich geistig träge Pfarrerinnen und Pfarrer behelfsmäßig und ohne jede Bescheidenheit schmücken, , weil sie wussten, dass sie als Menschen weder Vorbild noch Autorität sein konnten, sondern lächerliche Figuren, die davon zehren, vorwiegend Frauen und Jugendliche ohne Gegenleistung auszubeuten und dann einmal im Jahr geschmacklose, vorfabrizierte Dankesworte für das Ehrenamt absonderten. Das alles hatte ich hinter mir gelassen und hatte nicht das geringste Bedürfnis, das im Leben als diese radikale Ausbeutung noch einmal zu erleben.

Hin und wieder hörte ich noch jüdische Gottesdienste. Es stärkte mich, was ich bei christlichen Gottesdiensten nie, wirklich nie erlebt hatte. Immer nur Sündenschuld und Fremdschuld und

Pflichtschuld, widerlich war das, zumal ich nie an die erlösende Wirkung des Kreuzes geglaubt habe, von Kind an nicht. Ich war religiös und gottesfürchtig und bin es noch. Aber das Christentum war es einfach nicht. Punkt.

Unter diesen Gedanken packte ich meinen neuen Shopper, zog ihn, nachdem ich mich komplett

warm angezogen hatte nach draußen, zog die Wohnungstür zu und verschloss sie doppelt und machte mich durch die gläserne Haustür auf den Weg, es waren etwas mehr als 3000 Schritte, etwa dreißig Minuten würde ich dafür brauchen, aber ich nahm eine Abkürzung durch die Anliegerstraße an der Baubank, so waren es nur 2600 Schritte, vorne an der University Chaplaincy, der man auch schon vor Jahren den Kirchturm abgebrochen hatte, weil er baufällig war, dann nach links, die 11 Platanen entlang, schon war ich da.

Der Copyshop war im hinteren Drittel des überdachten Einkaufszentrums , ich musste an Brautmoden vorbei, einem vollkommen leeren Laden, einem Restaurant, da war es.

Die Ladentür stand offen, innen jede Sorte Kopierer und Bindeapparate. Ich ging gleich zur Verkaufstheke.

„Guten Tag, ich bin Hanne Sonneberg, Sie haben mir ein Angebot gemacht, 20 Exemplare DIN A 5, 145 Seiten einschließlich Kartonleimbindung für 75 Euro plus Mehrwertsteuer.", sagte ich.

„Ja ich erinnere mich, haben Sie das Manuskript dabei.", fragte mich der Landen Inhaber, ein freundlicher , größerer Mann von vielleicht 56 Jahren.

„Ja, hier"., sagte ich, bückte mich, und holte das Manuskript aus meinem Shopper.

„Aber das ist ja DIN A 4,das müssen wir verkleinern und das kostet 20 Euro extra. Und wenn Sie eine gute Bindung haben wollen, nehmen Sie eine Spiralbindung, die können Sie selbst machen, wenn ich es Ihnen ein oder zweimal zeige, das kostet 40 Euro extra. Dann sind wir bei 135 Euro Gesamtkosten. Ich mache Vorkasse. Haben Sie das Geld bar dabei?", fragte er schließlich.

Ich suchte in meinem Portemonnaie und im Sicherheitsfach und bekam die Summe tatsächlich zusammen, einschließlicg 13 Euro Münzgeld aus den Taschen meines Mantels, das war immer meine Notreserve.

Der Laden Inhaber grinste, zählte das Geld noch einmal nach.

„Alles in Ordnung, kommen Sie, machen wir uns an die Arbeit. Jetzt geht es gerade, wo wenig los ist im Laden.", sagte er und schob mich zum größten Kopierer.

Dann machten wir uns ans Verkleinern und Kopieren. Schließlich lagen überkreuz gestapelt meine zwanzig Exemplare mit Speziallochung in vier Stapeln auf dem Arbeitstisch. Er zeigte mir zweimal, wie ich es mit der Spiralbindung machen musste, es funktionierte über Knopfdruck ich musste nur beim Einlegen aufpassen, dass nichts verrutschte und wider Erwarten gelang es, für den Einband mit Titel und Namen und Copyright hatte ich blauen Fotokarton gewählt und die Schrift in Weiß, das machte eine helle, luftige Wirkung.

Stolz schaute ich mein Werk an und packte alle fertigen und bezahlten Exemplare in meinen Shopper.

Der Heimweg war wie im Flug.

Allerdings hatte ich kaum noch Bargeld. Gut, dass ich nicht mehr rauchte. Es würde ein sehr sparsame Wochenende werden, ohne jeden Einkauf und auch Montag und Dienstag der nächsten Woche würden karg sein, dann erst war wieder an frische Lebensmittel zu denken, ja, ich teilte mir mein Geld ein. Aber verhungern würde ich nicht. In drei Oberschränken der Küche waren Vorräte jeglicher Art dicht gelagert, Konservensuppen, Haferflocken, Hafermilch, EIPULVER, eingeschweißt Dauerbrot und jede Menge Nudeln mit Pesto jeder Sorte. Auch getrocknete Tomaten waren da, Bruschettapaste, Toastbrot, Reis und Kaffee und Tee, sogar eine Flasche Wein. Im Gefrierschrank hatte ich noch Fisch und Gemüse und sogar Eis.

Ich musste mir keine Sorgen machen. Vier sparsame Tage und das Finanzloch, das mir die Bücher geschlagen hatten, war wieder ausgeglichen. Ich seufzte erleichtert.

Jedenfalls hatte ich für unter sieben Euro ein präsentables Geschenk für jeden und jede meiner Leute, das zudem von mir selbst stammte. Sollten Sie es lesen....

Kapitel 26

Die vier sparsamen Tage zogen vorüber, montags hatte ich sogar Gelegenheit, mir bei Brigitte 30 Euro in der Küche zu verdienen. Ich zeigte den drei Asiatinnen, die dort für Brigitte arbeiteten, wie man Canapés schmackhaft und optisch ansprechend belegte, wie man aus ausgestochenen Käsesternen und aufgespießten Gurkenscheiben kleine Tannenbäume hervorbrachte, wie man lustige Zwerge aus eingelegten Datteln und Oliven bauen könnte mit Bärten aus Selleriefäden, wie man aus Toastbrot Plätzchen ausstach und sie mit eingefärbtem Frischkäse und Beeren belegte.

Als wir fünf große Platten fertig hatten, rief ich Brigitte, sie kam auch sofort.

„Du bist eine Künstlerin, Hilde.", sagte sie und gab mir einen Umschlag.

Ich bedankte mich und wünschte den Frauen noch viel Erfolg am Abend mit der Beraterfirma, die unseren Frauencaféraum gemietet und Kalte Platten bestellt hatten, dazu Kaffee, Wasser Wein und Sekt. Aber darum musste ich mich nicht mehr kümmern.

Ich ging jetzt einfach. DRAUßEN schielte ich in den Umschlag, es war korrekt, drei Zehneuroscheine waren darin und ein Zettel mit „Danke".

Nun war mein Finanzengpass schon vor der Zeit ausgeglichen, aber ich gab das Geld nicht wieder aus, sondern verwahrt es zu Hause in einer Spardose.

Morgen noch, dann könnte ich wieder einkaufen und mir an der Kasse des Supermarkts auch noch etwas Geld auszahlen lassen. Jedoch müsste ich erst das Konto prüfen, was sich online tun ließ. Auf dem Bildschirm meines MACAir erschien, nachdem ich mich eingeloggt hatte, noch ein Guthaben von

Einigen hundert Euro. Es würde reichen bis zur nächsten Renten Überweisung und darüber hinaus.

Beruhigt klappte ich das Laptop zu und stellte es beiseite.

Dann rief ich Eliza an.

Sie war nicht erreichbar. Nur die Mailbox. Ich hatte aber keine Lust etwas auf die Mailbox zu sprechen. Ich schrieb ihr auf What's App „Wünsche dir einen ruhigen Abend. Gruß H. „

Von meiner Tochter und meiner großen Enkelin waren Nachrichten angezeigt.

„Sie hat eine 3 in Englisch geschafft, du brauchst kein Nachhilfegeld mehr zu überweisen und auch kein Gitarren Geld mehr, sie geht nicht mehr hin. Kusssmiley", schrieb meine Tochter.

Von meiner Enkelin las ich : „Ich hab es geschafft, Oma. Bitte keine Nachhilfe mehr, das ist uncool."

Kein Kusssmiley.

Ich schickte beiden einen Daumen.

Später, nachdem ich die Nachrichten im Radio gehört hatte, rief Eliza doch noch an.

„Also ich habe News über das Kirchengebäude. Es ist verkauft, aber die Kirchengemeinde bleibt bestehen und baut von dem Erlös ein neues Gemeindezentrum hinter der Kirche mit Gebetsraum für 50 Leute. Und weißt du, was der Investor machen will? Er will ein Wohnheim für alleinerziehende und Bedürftige im Kern sanierten Kirchengebäude errichten, auf Genossenschaftsbasis. Jede kann Genossin und damit Miteigentümerin werden. Auf Mietkaufbasis ohne Eigenkapital. Ist das nicht toll?", fragte Eliza.

„Was du wieder alles weißt. Jedenfalls ist das gelebtes Christentum. Da gibt es nichts zu mäkeln.

Wie viele Wohnungen sollen denn entstehen.", fragte ich.

„DAS weiß ich nicht, aber mindestens 20,so viel Platz ist da jedenfalls in der Höhe.", sagte sie.

„Das wird jedenfalls spannend. Danke für die Info. Und gute Nacht, Eliza.", sagte ich.

„Nacht, Hilde.", sagte sie und war weg.

Kapitel 27

Am nächsten Tag las ich morgens am Handy unter der Website einer kostenlosen

Lokalzeitung, dass die katholische Diözese Pläne habe, mindestens ein Drittel der Kirchen und

Gemeindezentren nicht mehr finanziell zu fördern, auch sollten die Kindergärten ihre Mittel in Zukunft komplett von der Kommune bekommen.

‚Oha.', dachte ich, „dann bleibt der Verkauf der Kirche hier kein Einzelfall."

Ich schloss diesen Gedanken vorläufig ab. Es ging mich ja nichts mehr an, ich war vor dreißig Jahren aus der Katholischen Kirche ausgetreten, hatte die Augen aufgesperrt und verschiedene religiöse Gruppen erkundet, war dann vor 25 Jahren in die Evangelische Kirche eingetreten, hatte mich dort bis aufs Messer ausnutzen lassen und war fünf oder sechs Jahre später wieder ausgetreten und hatte seither nur noch einmal im Jahr beim Martin's umzug eine Kirche betreten, in den letzten Jahren auch nicht mehr, weil es den Enkeln in Kirchen ebenso unbehaglich war wie mir. Der kirchlichen Hochzeit meines Großcousins war ich ferngeblieben, hatte nur Brief und Geld geschickt, ich selbst hatte meinen Mann standesamtlich geheiratet, nur wir zwei, ohne Zeugen, meine Tochter und all ihre Freunde hatten auch nur standesamtliche geheiratet in den letzten zwanzig Jahren. Was sollte mir also die Kirche?

Offenbar war da mehr im Spiel als die Religion. Mal angenommen, hier im Wohngebiet gäbe es gar keine Kirche mehr. Was bliebe dann vom Wohngebiet übrig? Nicht viel. Nur Standardreihenhäuser, Standardbungalows, Standardwohnblocks und ein paar Hochhäuser, auswechselbar mit jeder anderen Wohnbebauung in Vorstädten im ganzen Land, nicht mehr identifizierbar als Daheim, als so etwas wie Heimat.

Also galt es, die Kirchengebäude, die nur formal der Kirche gehörten, in Wahrheit aber Eigentum der Menschen waren, die in ihrem Schatten Wohnung bezogen hatten, zu erhalten und sei es nur als architektonische Wegmarke. Sie wollte sich stark machen dafür und wünschte doch den beiden Kirchengemeinden bei aller Distanz Glück zum Überleben. So ganz fertig mit der Kirche war sie nicht.

Es blieb das Rätsel Jesus von Nazareth.

Wenn stimmte, was das Neue Testament als Wahrheit verkündete, war er ein irrer Typ.

So aufzustehen gegen die Konventionen seiner Zeit, so konsequent zu sein bis zum Tod am Kreuz, alle Achtung der Welt.

Aber stimmte das denn.?

Ich hatte Zweifel, berechtigte Zweifel, hatte im Selbststudium Jahrzehnte lang alle Beiträge der historisch kritischen Textforschung gelesen, war demzufolge gar nicht mehr sicher, was Jesus wirklich gesagt haben möchte und was spätere Schreiber ihm frecherdings in den Mund gelegt hätten, die absolute Lehrautorität, als die ihn Verkündigungsteams in beiden Kirchen anpreisen, war er jedenfalls nicht, das war klar.

Ich würde das Rätsel Jesu nicht lösen in meinem Leben, Genauso wenig wie das Rätsel des Leonardo da Vinci zugeschrieben Salvator Mundi, das als historisch teures Gemälde versteigert war und nun in der Jacht eines arabischen, somit muslimischen Prinzen vor der Öffentlichkeit verborgen wurde.

Mir war geblieben, im festen Glauben an den ewigen Gott mein Leben einzurichten, meine kleine Familie aufzubauen und zu schützen und niemandem nach bestem Wissen und Gewissen weh zu tun.

Alle Denominationen waren mir willkommen, solange sie Frieden hielten.

Kapitel 28

Es war sehr spät am Abend, eigentlich mitten in der Nacht.

Sie lag angezogen auf ihrem schön gemachten Bett.

Das Handy hielt sie eingeschaltet in der Hand. Der Youtube Kanal einer amerikanischen, reformjüdischen Gemeinde an der Ostküste der USA wäre live geschaltet, sie sah den einer neo gotischen Kirche nachempfunden Raum. Alle waren aufgestanden, sie sangen die Amida, die

Junge Frau, eine Cantor in, stand vor dem Toraschrein mit dem Rücken zur Gemeinde und sang melodiös Adonai sefatai tiftach ufi jagid tehilatejcha….

Ich verstand diese Worte, las mit, hatte den hebraeisch deutschen Siddur vor mir aufgeschlagen

Und freute mich ganz einfach an der schönen Musik.

Wenig später trat ein sehr aggressiver Mensch auf, ein Schwarzer, der die ashkenaszentrische Einstellung seiner weißen Mitjuden scharf kritisierte. Gott sei kein Schwarzer, Gelber, oder Weisser,

schrie er 8ns Mikro und habe doch alle Menschen be zelem Adonai, nach seinem Ebenbild geschaffen.

Ich klickte weg. Da hatte offenbar ein Jew of Colour gesprochen, denn die amerikanischen Reformjuden akzeptierten auch Afroamerikaner und Asiaten, als Konvertiten oder wenn ein Elternteil jüdisch gewesen war. Das galt auf dem Papier. In Wahrheit blieben Menschen außerhalb der eigenen Ethnie ausgegrenzt, man heiratete weitgehend nur untereinander. Ausnahmen wie Angela Buchdahl bestätigten die Regel und was hatte diese außergewöhnliche Frau bis heute zu kämpfen.

Darauf hatte ich keine Lust.

Ich las die Shabbat Amida allein bis zum Ende, legte mir eine leichte Decke über, die ich letztes Jahr

Selbst gestrickt hatte, und schlief in Kleidern ein.

Das dauerte bis spät am nächsten Tag. Als ich aufwachte, zeigte das Handy 14 Uhr 30.

Zeit, sich zu waschen und etwas zu essen.

Ich ging ins Bad, zog mich aus, wusch mich komplett, nahm frische Unterwäsche aus dem Schrank im Bad, zog die Kleider, die kaum benutzt waren und nicht rochen , wieder an und bereitete mir in der Küche ein Frühstück. Ein reich belegtes Brot mit Käse und etwas Fisch und ein kaltes gekochtes Ei.

Ich erlaubte mir, im Wasserkocher Wasser heiß zu machen für Kaffee, denn ich war an die Shabbat Regeln, die unter anderem auch Feuer untersagen, nicht gebunden. Ich war nichtjüdisch. Bestenfalls Noachidin.

Aber da gab es keine Religionsgemeinschaft. Keine Kirche. Keine Gruppe in Deutschland. Deshalb erlaubte ich mir ab und zu, von Ferne als Zaungast sozusagen einen jüdischen Gottesdienst mitzuverfolgen. Es gab Kraft, die alten Lieder zu hören und die freundlichen Männer und Frauen zu hören, die vorne an der Bima sprachen. In der Regel war es so, manchmal sprachen auch aggressive Spinner, wie der Mann vorhin. Dann schaltete ich weg. Gezwungen, den Shabbatgottesdienst zu besuchen, war ich nicht, das blieb den geborenen Juden und Jüdinnen vorbehalten. Zu diesen gehörte ich definitiv nicht.

Zu welcher Gruppe gehörte ich eigentlich?

Zu meiner Familie, das war klar, zu den langjährigen Bewohnern der Wohnanlage, und hier hatte ich meine meisten Bekannten, als förderndes Mitglied gehörte ich zu drei Genossenschaften, davon eine Bank, dann gehörte ich zu einer Seniorenwandergruppe, die ich wieder aktivieren konnte im kommenden Frühjahr, wenn man wieder Strecken laufen könnte, im Winterhalbjahr ruhte die Gruppe.

Viele andere, kleinere Gruppierungen fielen mir ein, an deren Rand ich auch Mitglied war, immer etwas auf Distanz, zurückhaltend, aber Mitglied.

Es war keine einzige religiöse Gruppe dabei. Mit Absicht. Denn ich wollte mir von religiösen Gruppen meinen echten Glauben nicht kaputt machen lassen, meistens lief es nämlich in religiösen Gruppen darauf hinaus, dass irgendwelche Männer erfundene Wahrheiten verkündeten, eine reine Männerorganisation mit männlichen Gott erfanden und damit Frauen und Kinder unter ihre komplette, auch sexuelle Kontrolle brachten. Das war das ganze Geheimnis. Darauf fiel ich nicht mehr herein. Es war neu, dass diese Praktiken jetzt als Missbrauch verurteilt und ans Licht gebracht wurden. Das gab Hoffnung.